미녀와 야수

보몽 단편선

미녀와 야수

보몽 단편선

쟌 마리 르 프랭스 드 보몽 지음 | 최헵시바 옮김

더클래식

| 차례 |

미녀와 야수

어느 먼 옛날, 돈 많은 상인이 한 명 살고 있었습니다. 그에게
는 여섯 아이들이 있었습니다. 세 명은 아들이었고 세 명은 딸
이었어요. 이 상인은 지혜로운 남자였기에 아이들을 가르치는
데 돈을 아끼지 않았고 다양한 분야의 선생님을 두었습니다.

딸들은 무척이나 예뻤습니다. 그중에서도 막내는 감탄할 만
큼 예뻤기에, 모두들 그녀를 미녀라고 불렀습니다. 이에 언니
들은 질투를 느꼈습니다. 막내는 언니들보다 예쁜 데다 마음씨
까지 고왔던 것입니다.

언니들은 돈이 많았기에 교만했습니다. 언제나 귀부인 행세
를 하며, 다른 상인의 딸들과는 만나려 들지도 않았습니다. 이
들의 옆에 있으려면 어느 방면에서건 월등해야만 했습니다. 이

들은 쉴 새 없이 무도회장과 극장을 누비거나 산책을 했습니다. 그리고 항상 좋은 책을 읽느라 오랜 시간을 보내는 막내를 놀려 댔습니다.

이 언니들이 부자인 것을 알았던 몇몇 거상들이 그녀들에게 청혼했습니다. 하지만 이 자매는 공작이나 적어도 자작이 아니라면 결혼하려고 들지 않았습니다. 미녀는 자신에게 청혼하는 사람들에게 예의 바르게 감사의 표시를 했지만, 자신은 너무 어리기 때문에 몇 년 동안은 아버지의 곁에 머물러야 한다며 거절했습니다.

그러던 어느 날, 갑작스럽게 이 상인은 많은 돈을 잃게 되었습니다. 그에게 남은 것이라곤 도시에서 멀리 떨어진 시골의 작은 집밖에 없었습니다. 그는 울면서 아이들에게 말했습니다.

"얘들아, 이제 우리는 시골집에 머물러야 한단다. 너희들도 농부처럼 일하면 거기서도 잘 지낼 수 있을 거야."

그러나 두 언니들은 도시를 떠나기 싫다고 대답했습니다. 더이상 재산이 남아 있지 않아도 자신들과 결혼하기를 간절히 원하는 몇몇 남자들도 있다고 했지요. 하지만 그녀들은 잘못 생각하고 있었습니다. 그녀들이 가난해졌기 때문에 애인들은 더 이상 그녀들을 쳐다보려고 하지도 않았습니다. 그녀들의 오만함 때문에 아무도 그녀들을 사랑하지 않았습니다. 사람들은 이렇게 말했습니다.

"이제 그녀들은 가치가 없어. 잘해야 동정이나 받겠지. 이제야 좀 콧대가 낮아지겠군. 양 떼를 지키면서도 귀부인 행세를 하려나."

하지만 동시에 이런 말도 오갔습니다.

"미녀에게 있어서는 참 불행한 일이야. 이렇게 좋은 아이인걸. 가난한 사람들에게도 착하게 대하고 말이야. 그 아이는 정말 부드럽고 정직한 아이야."

그렇기에 미녀가 가진 것이 없어도 그녀에게 청혼하는 신사들은 많았습니다. 하지만 그때마다 미녀는 그들에게 불쌍한 아버지를 불행 속에 내버려 둘 수 없으니, 아버지를 따라 시골로 가서 여러 가지 일을 도와야 한다고 대답했습니다.

사실 가엾은 미녀는 처음엔 돈을 잃었다는 생각에 무척 고통스러웠습니다. 하지만 그녀는 그때마다 스스로 다짐했습니다.

'내가 이렇게 많이 울어 봤자 재산이 다시 굴러들어오지는 않아. 돈이 없어도 행복해지는 법을 배워야 해.'

상인 가족은 시골집으로 이사했습니다. 상인과 세 아들들은 밭을 갈았지요. 미녀는 새벽 네 시부터 일어나 하루 종일 집을 청소하고 가족들의 식사를 준비하느라 바쁘게 보냈습니다.

그녀는 무척 힘들었습니다. 하인처럼 일하는 데 익숙하지가 않았던 것이었습니다. 하지만 이사를 온 지 두 달쯤 지나자 미녀는 체력도 좋아졌고 힘든 일도 척척 해낼 수 있었습니다. 일을 마치고 나서는 책을 읽거나 하프시코드를 연주하기도 하고, 또 노래를 부르거나 실을 잣기도 했습니다.

반대로 두 언니들은 지루해서 죽을 것만 같았습니다. 그녀들은 아침 10시에 일어나 온종일 밖에 나가 산책했고, 그녀들이 한때 지녔던 좋은 옷가지들이나 남자들에 대해 이야기하고 아쉬워하면서 시간을 보냈습니다. 그리고 이렇게 말했어요.

"우리 막내를 보라지. 그 아이는 천한 영혼을 지녔어. 그렇게도 멍청하니 이 불행한 상황에서도 만족하는 거잖아."

착한 상인은 이 두 딸들처럼 생각하지 않았습니다. 그도 역시 미녀가 언니들보다 소박하며 다른 사람들 가운데 확연히 눈에 띈다는 것을 알았습니다. 그는 미녀의 마음씨와 끈기에 감탄했습니다. 언니들은 집안일을 하는 동안 불만에 가득 차 끊임없이 욕을 해 댔기 때문이었습니다.

이 가족이 시골집에서 조용한 삶을 산 지 어느덧 일 년이 지났습니다. 그러던 어느 날, 상인은 편지 하나를 받았습니다. 거기에는 기쁘게도 그의 화물을 실은 화물선이 드디어 도착했다고 쓰여 있었습니다. 이 소식에 두 언니들은 몽상에 푹 빠져서 곧 이 지겨운 시골에서 나가게 될 것이라는 생각에 뛸 듯이 기

뻐했습니다. 그리고 아버지가 나갈 준비를 마치자, 그녀들은 아버지께 치마, 목도리, 모자와 자질구레한 장신구들을 사 달라고 마구 졸라 댔습니다.

미녀는 아무것도 원하지 않았습니다. 화물선의 화물들을 모두 팔아도 언니들이 원하는 것을 사 주기에는 부족할 것이라고 생각한 것이었습니다. 그러자 아버지가 미녀에게 말했습니다.

"너는 무엇을 사 달라고 조르지 않는구나."

그러자 미녀가 대답했습니다.

"아버지, 저를 생각해 주신다면 장미 한 송이를 사다 주세요. 여기서는 찾아볼 수가 없네요."

사실 미녀가 원하는 것은 장미 한 송이가 아니었습니다. 하지만 자신이 아무것도 원하지 않으면 언니들이 비난할 게 뻔했기 때문에 그렇게 말한 것이었지요.

상인은 곧 길을 떠났습니다. 하지만 그가 도착했을 때는 이미 많은 사람이 그의 화물들을 서로 자신의 것이라 우기며 싸우고 있었습니다. 엄청난 고통을 겪고 보니 상인의 형편은 사실 이전보다 더 나아진 게 없었습니다. 그래도 집은 겨우 오십 킬로미터 정도밖에 떨어져 있지 않았고 그는 아이들을 볼 생각에 즐거웠습니다. 그런데 집에 가는 길목에 있는 커다란 숲에서 그는 길을 잃어버리고 말았습니다.

지독하게도 많은 눈이 왔습니다. 그리고 엄청난 바람이 불어왔습니다. 상인은 말에서 두 번이나 떨어졌습니다. 밤은 오고 있었고 그는 죽을 듯이 배가 고팠습니다. 바람소리인지 늑대들의 울부짖음인지, 그의 주변에서 소름 끼치는 소리가 계속 들려왔습니다. 그 순간, 그는 나무들 사이로 난 오솔길 끝에서 밝은 빛이 새어 나오는 걸 발견했습니다. 하지만 그 빛은 꽤 멀리 떨어져 있어서 그쪽으로 오랜 시간 걸어가야만 했습니다. 한참 걸어가다 보니 온통 불을 밝혀 놓은 큰 성의 모습이 드러났습니다.

상인은 자신을 이쪽으로 보내 준 신에게 감사를 드리고는 서둘러 성 안으로 들어갔습니다. 하지만 아무도 없는 것을 보고는 적잖이 놀랐습니다. 그를 뒤따라가던, 배고픔에 허덕이는 말은 건초와 귀리가 있는 큰 마구간이 열려 있는 것을 보고는 그 안으로 허겁지겁 뛰어들었어요. 상인은 말을 마구간에 묶어 놓고 성으로 걸어갔습니다. 아무도 없었습니다. 하지만 큰 방으로 들어가니 기분 좋게 불타오르는 벽난로가 있었습니다. 탁자 위에는 잘 구워진 고깃덩이가 가득했고 한 사람 분의 식기가 있었습니다.

비와 눈이 뼛속까지 스며든 탓에 상인은 몸을 좀 녹이려 벽난로에 다가갔습니다. 그는 중얼거렸습니다.

"이 성의 주인이나 가족은 내가 이렇게 자유로이 행동해도 용서해 주겠지. 틀림없이 곧 여기로 올 거야."

그는 꽤 많은 시간을 기다렸습니다. 하지만 시계가 밤 11시를 알릴 때까지도 아무도 보지 못했습니다. 배고픔을 못 이긴 그는 결국 몸을 떨며 닭고기를 집어 두 입에 먹어 치웠습니다. 그리고 와인 몇 잔을 들이키자 대담해져서, 방을 나가 큰 방들과 웅장한 가구들을 천천히 구경했습니다. 그러다 침대 하나가 놓인 방을 발견했습니다. 자정이 지난 시각이었고 무척 지쳐 있었기에 그는 문을 잠그고 침대에 눕자마자 잠에 빠졌습니다.

그가 일어났을 때는 다음 날 아침 10시였습니다. 그는 어느새 깨끗한 옷을 입고 있었고, 어젯밤에는 낡아 있었던 침대도 상태가 좋았습니다. 그는 무척 놀라며 중얼거렸습니다.

"분명 이 성은 착한 요정의 성일 거야. 그가 내 상황을 딱하게 여겼구나."

창밖을 내다보자 더 이상 눈보라는 몰아치지 않았습니다. 대신 꽃으로 이루어진 아름다운 요람이 보였어요. 상인은 전날 음식을 먹었던 큰 방으로 들어갔습니다. 작은 탁자 위에 초콜릿이 몇 조각 놓여 있는 것을 보고, 그는 목소리를 높여 말했습니다.

"요정이여, 제 아침식사도 생각해 주시다니 감사합니다!"

상인은 초콜릿을 먹고는 말을 찾으러 나갔습니다. 그러다 장미로 뒤덮인 요람을 보고는 미녀가 부탁한 것이 떠올라, 수많은 장미들 중 한 송이를 부러뜨려 꺾었습니다. 그러자 그 순간 큰 소리가 들리더니 갑자기 끔찍한 야수가 뛰어 나왔습니다. 상인은 기절할 지경이었습니다. 야수가 으르렁거리며 무시무시한 목소리로 말했습니다.

"이런 배은망덕한 사람 같으니! 내 성 안으로 들여와 당신의 목숨을 구해 주었더니 그에 대한 보답으로 내 장미를 훔쳐 가는 거요? 내가 세상에서 가장 사랑하는 장미를! 잘못을 저질렀으니 죽어야겠소. 신에게 기도할 시간을 15분 드리지."

상인은 야수의 발밑에 엎드려 두 손을 모아 빌었습니다.

"전하, 제발 용서해 주십시오. 제 딸들 중 한 명이 저에게 부탁한 이 장미를 꺾는 것이 당신을 화나게 할 줄은 꿈에도 몰랐습니다."

그러자 야수가 대답했습니다.

"나를 전하라고 부르지 마시오. 그저 야수라고 하면 된다오. 난 칭찬을 좋아하지 않소. 그러니 생각하는 대로 말하시오. 나에게 아첨할 생각도 하지 마시오. 딸이 있다고 했소? 그렇다면 당신이 죽는 대신, 딸들 중 하나를 데리고 오시오. 그러면 용서해 주겠소. 대꾸하지 말고 어서 가시오. 당신의 딸들이 당신 대신 죽기를 거절한다고 해도 세 달 안에 여기 다시 오겠다고 맹세하시오!"

상인은 이 잔인한 괴물에게 딸을 바치고 싶은 마음이 전혀 없었습니다. 하지만 그는 적어도 집으로 돌아가 딸들을 한 번 더 안아 볼 수 있는 기쁨을 누려야겠다고 생각했습니다. 그는 다시 오겠다고 맹세했습니다. 야수가 말했습니다.

"떠나고 싶을 때 언제든 떠나시오. 하지만 빈손으로 가지 않았으면 좋겠소. 당신이 어젯밤 잤던 그 방에 돌아가면 빈 상자가 하나 있을 것이오. 당신이 좋아하는 것을 전부 상자 안에 담아 들고 가시오."

그리고 야수는 모습을 감췄습니다. 상인은 생각했습니다.

'죽어야 한다면 내 가엾은 아이들을 위해 빵 한 조각이라도 들고 가야겠어.'

그는 그가 어젯밤 잤던 방으로 되돌아갔습니다. 큰 금괴들 사이에 야수가 말했던 큰 상자가 놓여 있었습니다. 그는 상자 안을 금괴들로 가득 채웠습니다. 그리고 마구간에 가서 말에 올라타고는 급히 성을 빠져나왔습니다. 처음 성에 들어왔을 때 느꼈던 기쁨만큼, 이번에는 슬픔이 그를 사로잡았습니다. 그의 말은 숲을 한 바퀴 돌고는 얼마 지나지 않아 작은 집에 도착했습니다. 그를 본 아이들이 기뻐하며 그의 주변에 모여들었어요. 하지만 상인은 그들을 어루만지지 않고 그들을 보며 눈물을 흘리기 시작했습니다. 그는 장미 한 송이를 미녀에게 주며 말했습니다.

"미녀야, 이 장미를 받으렴. 이 불쌍한 아버지보다 훨씬 소중한 꽃이란다."

곧 그는 그에게 있었던 비통한 일을 가족에게 이야기했습니다. 그러자 두 언니들은 비명을 질러대며 눈물 한 방울 흘리지 않는 미녀에게 욕을 퍼부었습니다.

"이 오만한 아이 좀 보세요. 왜 우리처럼 옷이나 장신구들을 요구하지 않은 거죠? 아니지. 이 아이는 스스로 우월하다는 걸 보여주고 싶었던 거겠지. 하지만 얘 때문에 아버지가 죽게 된 거예요. 그런데 슬프지도 않은지 울지도 않네요."

그러자 미녀가 대답했습니다.

"언니들, 울어도 소용없는 일이야. 왜 아버지가 죽는다는 것에 울어야 하지? 바뀌는 건 아무것도 없어. 괴물은 아버지의 딸들 중 한 명을 데려오길 원해. 내가 가서 괴물의 화를 가라앉히겠어. 난 기쁜걸. 내가 죽으면 아버지를 구할 수 있잖아."

그러자 세 오빠들이 말했습니다.

"아니야, 동생아. 너는 죽지 않을 거야. 우리가 그 괴물에게 갈게. 만약 그를 죽이지 못한다고 해도 우리가 죽으면 된단다."

상인이 말했습니다.

"그를 죽인다고? 기대하지 마라, 얘들아. 야수의 힘은 무척 세단다. 그를 죽일 수 있다는 희망은 내게 남아 있지 않아. 난 미녀의 착한 마음씨에 감동했단다. 하지만 미녀를 죽게 하기는 싫구나. 이 아버지는 늙었고 앞으로 살날도 얼마 남지 않았으니 차라리 내가 몇 년을 희생하는 것이 나을 거야. 사랑하는 너희들을 잃고 후회하고 싶지는 않구나."

그러자 미녀가 말했습니다.

"아버지, 제가 약속할게요. 아버지는 저 없이는 그 성에 가지 못해요. 그리고 제가 아버지를 따라가지 못하게 막을 수도 없어요. 제가 아무리 젊다고 해도 저는 그다지 살고 싶은 마음이 없어요. 아버지를 여의는 슬픔보다는 차라리 그 괴물에게 먹히는 게 좋겠어요."

미녀는 정말로 그 성에 가고 싶었습니다. 두 언니들은 이 막내의 고운 마음씨에 심한 질투를 느꼈어요. 상인은 딸을 잃게 되었다는 고통에 짓눌려 금으로 가득 찬 상자는 까맣게 잊어버리고 있었습니다. 하지만 그날 저녁 잠을 청하기 위해 방에 들어가 문을 잠갔을 때, 옮기지도 않았던 상자가 침대 옆에 놓여 있는 것을 보고 무척 놀랐습니다. 그는 다시 부자가 되었다는 사실을 아이들에게 알리지 않기로 결심했습니다. 딸들이 도

시로 돌아가자고 할 것이 분명했기 때문이었습니다. 그는 이 시골에서 죽기를 원했던 것이었지요. 하지만 미녀에게는 이 비밀을 털어놓았습니다. 그러자 미녀는 상인이 없는 동안 언니들과 결혼하기를 원하는 몇몇 신사들이 찾아왔었다고 말했습니다. 그리고 아버지에게 언니들을 결혼시키라고 부탁했습니다. 그녀는 무척 착했고 언니들을 사랑했으며, 언니들이 했던 나쁜 행동들도 모두 용서했던 것이었습니다.

나쁜 두 언니들은 미녀가 아버지와 떠날 때 양파를 눈에 박박 문질러, 억지로 쥐어짜 낸 가짜 눈물을 몇 방울 흘렸습니다. 하지만 아버지처럼 선량했던 오빠들은 너무 괴로워서 울부짖기 시작했습니다. 울지 않는 사람은 미녀뿐이었습니다. 사실 그녀도 고통스러워 죽을 것 같았지만 그들의 고통을 더하기 싫었던 것이었습니다. 상인과 미녀는 말을 타고 성을 향해 발걸음을 옮겼고, 저녁이 되자 그들은 처음에 봤던 것과 같은 밝은 빛을 보았습니다.

말은 홀로 마구간에 남겨졌습니다. 상인이 딸과 함께 큰 방에 들어가니 커다란 탁자 위에 성대한 만찬이 차려져 있었고 두 사람 분의 식기가 있었습니다. 상인은 무언가를 먹고 싶은 생각이 전혀 들지 않았습니다. 하지만 평온해 보이려 노력했던 미녀는 탁자에 앉아 음식을 먹기 시작하며 생각했습니다.

'야수가 나를 먹어 치우기 전에 내가 살찌기를 원하나 봐. 이렇게 좋은 음식을 차려 줬잖아.'

그들이 음식을 먹고 있을 때 큰 소리가 들렸습니다. 상인은 눈물을 흘리며 가엾은 딸에게 작별인사를 고했습니다. 야수의 소리라고 생각했던 것입니다. 미녀는 야수의 무시무시한 모습을 보자 자기도 모르게 몸이 떨려 왔습니다. 하지만 그녀는 최선을 다해서 의연하게 보이려고 노력했습니다. 잠시 아무 말 없이 그녀를 바라보던 야수가 그녀에게 물었습니다.

"당신이 원해서, 스스로 여기에 온 것이오?"

그녀는 떨면서 대답했습니다.

"네."

"정말 착한 사람이로군. 고맙소. 노인이여, 내일 아침에 떠나시오. 그리고 다시는 여기에 발을 들여놓지 마시오. 미녀여, 좋은 밤 되시오."

그러자 미녀가 대답했습니다.

"안녕히 가세요, 야수여."

그러자 야수는 즉시 사라졌습니다. 상인은 미녀를 와락 끌어안으며 말했지요.

"아, 딸아! 무서워서 반쯤 죽을 뻔했구나."

미녀는 단호하게 말했습니다.

"저를 믿고 내버려 두세요, 아버지. 내일 아침에 떠나세요. 그리고 모든 걸 하늘에 맡기세요. 혹시라도 야수가 저를 불쌍히 여길지도 모르잖아요."

그들은 침대에 누웠습니다. 밤새도록 깨어 있으리라 생각했지만 침대가 무척 좋았던 탓에 그들의 눈은 금세 스르르 감겼습니다. 잠든 미녀의 꿈속에 한 여인이 나타나 조용히 말했습니다.

"미녀여, 당신의 착한 마음씨에 감동했습니다. 당신이 아버지를 구하기 위해 삶을 바쳐서까지 했던 행동들은 반드시 보상받을 것입니다."

잠에서 깨어난 미녀는 아버지에게 꿈에 대해 이야기했습니다. 하지만 위안은 되지 않았지요. 사랑하는 딸과 떨어져야 할 시간이 되자 상인은 고통스러워서 끊임없이 신음을 내뱉으며 흐느꼈습니다.

아버지가 떠나자 미녀는 큰 방에 홀로 앉아 굵은 눈물방울을 뚝뚝 흘렸습니다. 하지만 그녀는 무척 용기 있었기 때문에 곧 신에게 모든 걸 맡겼고, 얼마 남지 않은 그녀의 시간에 대해 슬퍼하지 않기로 결심했습니다. 그날 저녁 야수가 자신을 먹어 버릴 거라고 굳게 믿었던 것이었습니다.

미녀는 저녁을 기다리면서 성을 구경하며 산책하기로 마음먹었습니다. 그리고 산책을 하면서 속속 드러나는 성의 아름다움에 무척 놀랐습니다. 그러다 '미녀의 방'이라고 쓰여 있는 문을 발견하고는 입을 다물지 못했지요. 그녀는 황급히 그 문을 열었습니다. 화려한 방 안을 보자 눈이 부셨습니다. 더욱 놀라웠던 것은 그 방 안에 큰 책장, 하프시코드, 그리고 수많은 악보들까지 놓여 있었다는 것이었습니다. 그녀는 낮은 목소리로 중얼거렸습니다.

"내가 지루해하지 않기를 원하나 보구나."

그리고 이런 생각도 했습니다.

'나를 단 하루만 여기에 머무르게 하려고 이렇게 많은 것들을 준비해 놓지는 않았을 거야.'

이런 생각을 하며 그녀는 더욱 용기를 얻었습니다. 책장에서 책을 꺼내 펼치니 거기에는 금으로 '원하세요. 요구하세요. 여기서 당신은 여왕이고 주인입니다'라는 글씨가 쓰여 있었습니다. 그러자 그녀는 한숨을 내쉬며 혼잣말을 했습니다.

"아아! 그저 가엾은 우리 아버지를 다시 보고 싶어요. 아버지가 지금 무얼 하고 있는지 알고 싶어요……."

그러자 놀라운 일이 벌어졌습니다! 그녀가 큰 거울로 눈길을 돌렸는데, 그 속에 그녀의 집이 보였고 그녀의 아버지가 슬픈 얼굴을 한 채 집에 다다르고 있었던 것이었습니다. 언니들

이 아버지 앞에 왔습니다. 언니들도 짐짓 슬픈 체하고 있었지만, 막내가 없어졌다는 생각에 기뻐하고 있는 것이 얼굴에 모두 드러나 있었습니다. 조금 뒤 모든 것이 사라졌습니다. 미녀는 이 야수가 무척 너그럽다는 사실을 알게 되었고, 그러니 그를 두려워하지 않아도 된다는 생각이 들었습니다.

정오가 되자 그녀는 점심을 먹었습니다. 그리고 저녁 시간에는 악기들이 스스로 연주하는 멋진 공연을 들었습니다. 밤이 되어 그녀는 식탁에 앉았고, 곧바로 야수의 소리가 들리자 참을 수 없이 몸이 떨려왔습니다. 야수가 말했습니다.

"미녀여, 음식이 마음에 드십니까?"

그러자 미녀가 바르르 떨며 대답했습니다.

"당신이 주인이잖아요?"

"아니오. 여기 주인은 당신밖에 없소. 내가 당신을 귀찮게 하면 당신은 그저 나에게 가라고 하면 된다오. 그 즉시 나가겠소. 말해 보시오. 난 정말 추하지 않소?"

"그건 맞아요. 전 거짓말쟁이가 아니니까요. 하지만 당신은 좋은 사람이라고 생각해요."

"맞는 말이오. 하지만 난 못생긴 데다 지혜롭지도 않다오. 난 그저 바보 같소."

"지혜롭지 않다고 해서 바보는 아니랍니다. 터무니없는 말이

에요."

그러자 야수가 대답했습니다.

"어서 드시오, 미녀여. 그리고 당신의 집에서는 지루해하지 않도록 노력해 보시오. 여기 있는 모든 것이 당신의 것이오. 당신이 기쁘지 않다면 나는 슬퍼질 것이오."

"당신은 참 좋은 사람이로군요. 당신의 마음씨에 무척 감동했어요. 그런 생각을 하니 당신의 모습이 더 이상 추해 보이지도 않네요."

"그러하오. 사실 난 착한 마음을 가지고 있지만…… 그래도 괴물에 불과하다오."

그러자 미녀가 말했습니다.

"당신보다 훨씬 더 괴물 같은 사람들도 많아요. 전 차라리 당신의 모습이 좋네요. 그 괴물 같은 사람들은 사람의 얼굴을 하고서 나쁘고 그릇된 마음을 숨기고 있거든요."

"내가 만약 지혜롭다면 당신에게 감사의 말을 하기 위해 많은 칭찬을 할 것이지만, 나는 바보라오. 어찌됐든 내가 당신에게 하고 싶은 말은 고맙다는 말뿐이오."

미녀는 저녁을 맛있게 먹었습니다. 그녀는 이제 이 괴물이 거의 무섭지 않았습니다. 하지만 그가 이런 말을 하자 그녀는 두려움에 질리고 말았어요.

"미녀여, 나의 부인이 되어 주겠소?"

그녀는 대답하지 않고 가만히 있었습니다. 그녀는 야수의 말을 거절하면 그가 크게 화를 낼 거라 생각하며 두려워했습니다. 하지만 그녀는 떨면서 말했습니다.

"아니요."

그 순간, 불쌍한 괴물은 지독한 한숨을 뱉었습니다. 온 성에 한숨 소리가 울려 퍼졌습니다. 하지만 곧 야수가 슬픈 목소리로 말했습니다.

"안녕히 가시오, 미녀여."

그 덕에 미녀는 안심할 수 있었습니다. 야수는 방을 나가면서 가끔씩 미녀를 돌아보았습니다. 홀로 남아 그를 보던 미녀는 이 불쌍한 야수에게 커다란 연민을 느끼며 혼잣말했습니다.

"아아, 이렇게 좋은 마음씨를 가졌음에도 그토록 추하다니! 정말 안 됐어……."

미녀는 이 성에서 평온하게 세 달이라는 시간을 보냈습니다. 저녁때마다 야수가 그녀의 방에 찾아왔고, 밥을 먹을 때는 항상 이야기를 나눴습니다. 야수는 현명한 생각을 가지고 있었지만 사실 재치라고는 전혀 없었습니다. 하지만 그렇게 야수를 자주 보자 미녀도 그의 추함에 익숙해졌고, 그가 찾아오는 순간에도 두려움을 느끼지 않게 되었습니다. 오히려 그녀는 9시가 아직 멀었는지를 알기 위해 자주 시계를 쳐다보기까지 했습니다. 야수가 항상 그 시간에 찾아왔기 때문이었습니다.

다만 한 가지가 그녀를 무척 힘들게 했습니다. 그것은 야수가 매일 밤 자러 가기 전에, 그녀에게 자신의 부인이 되어 줄 수 있냐고 물어보는 것이었습니다. 미녀는 그의 말을 매번 거절했고, 그때마다 야수는 괴로운 표정을 지었습니다.

어느 날 미녀는 어렵게 말을 꺼냈습니다.

"당신은 나를 슬프게 해요. 전 당신과 결혼할 수 있기를 원해요. 하지만 저는 무척 솔직한 사람이에요. 아마도 평생 당신과 결혼할 수 없을지도 몰라요. 그래도 저는 언제나 당신의 친구예요. 이것으로 당신이 만족할 수 있기를 바랄게요."

그러자 야수가 대답했습니다.

"나도 나를 올바르게 평가해야 하는 걸 안다오. 또 내가 무척 흉측하다는 것도 안다오. 하지만 당신을 무척 사랑하오. 그래도 당신이 여기 머무르길 바란다는 사실만으로도 행복하다오. 부디 나를 떠나지 않겠다고 약속해 주시오."

미녀는 이 말에 얼굴이 붉어지고 말았습니다.

그런데 그녀가 거울을 보자, 거울 속에는 아버지가 딸을 잃었다는 슬픔에 무척 아파하는 모습이 보였습니다. 그녀는 아버지가 보고 싶었습니다. 그리고 야수에게 말했습니다.

"당신에게 약속할게요. 절대로 당신 곁을 떠나지 않겠다고요. 하지만 저는 아버지가 무척이나 보고 싶어요. 아버지를 보지 못하게 한다면 전 고통스러워 죽고 말 거예요."

야수가 말했습니다.

"당신에게 고통을 준다면 나조차도 죽는 게 더 편할 것이오. 아버지의 집으로 보내 드리겠소. 거기 계속 머물러 계시오. 그러면 당신의 불쌍한 야수는 고통에 몸부림치며 죽을 것이오."

그러자 미녀는 눈물을 흘리며 말했습니다.

"아니요. 전 당신이 좋아요. 당신을 죽게 내버려 둘 수 없어요. 일주일 후에 돌아오겠다고 약속할게요. 당신도 아시다시피 제 언니들은 모두 결혼했고, 오빠들은 모두 군대에 가 버려서 아버지는 홀로 계세요. 아버지 곁에서 일주일만 있을게요. 일주일만 참아 주세요."

"그러면 내일 아침에 떠나시오. 하지만 꼭 약속을 지키시오. 당신이 돌아오고 싶을 때면 언제든 당신이 자는 침대 머리맡 탁자에 당신의 반지를 올려놓으시오. 안녕히 가시오."

야수는 이 말을 하면서 습관처럼 한숨을 길게 내쉬었습니다. 미녀는 그의 비통해하는 모습을 보자 슬픈 마음으로 잠을 청했습니다.

아침에 일어난 그녀는 아버지의 집을 찾았습니다. 그녀의 침대 옆에 있던 작은 종을 울리자 하인이 달려오더니 그녀를 보고 깜짝 놀라 소리를 질렀습니다. 그 소리에 놀란 아버지가 달려왔고, 사랑하는 딸을 다시 보게 된 기쁨에 무척이나 기뻐했습니다. 그들은 15분도 넘게 꼭 끌어안고 있었지요. 그렇게 기뻐하고 나자, 미녀는 문득 옷을 갖고 오지 않은 것이 생각났습니다. 하지만 그때 하인이 와서 미녀에게 방금 옆방에서 큰 모자와, 금과 다이아몬드가 박힌 원피스들을 찾았다고 말했습니다. 미녀는 야수의 친절에 깊이 감사하며 원피스 중에서 가장 덜 비싸 보이는 것을 갖고는, 하인에게 남은 원피스들을 건네주며 언니들에게 선물해 주라고 말했습니다. 하지만 이 말을 끝내기도 전에 원피스들이 사라져 버렸습니다. 아버지가 말했습니다.

"아마도 야수는 이 모든 것을 네가 가졌으면 좋겠다고 생각하나 보구나."

그러자 이 말이 끝나기 무섭게 원피스들과 모자가 다시 나타났습니다.

미녀는 옷을 갈아입었습니다. 그 사이에 언니들이 미녀가 왔다는 소식을 듣고 남편들과 함께 달려왔습니다. 언니들 모두 가련한 표정을 짓고 있었습니다. 첫째는 어떤 잘생긴 신사와 결혼했습니다. 하지만 이 신사는 자신의 얼굴을 무척 사랑한 나머지 아침부터 저녁까지 자기 얼굴만 쳐다보느라 바빴습니다. 그리고 항상 아내의 못생긴 얼굴을 비난했습니다. 둘째는 무척 지혜로운 남자와 결혼했습니다. 하지만 그는 그 지혜를 모두에게 화내는 데에만 쏟았고, 물론 그 첫 번째 희생양은 항상 그의 옆에 있는 아내였습니다. 아름다운 미녀가 공주처럼 옷을 입고 있는 것을 보자 두 언니들 모두 괴로움에 죽을 것 같았습니다. 미녀는 언니들을 끌어안았지만 그녀들의 질투를 가라앉힐 수는 없었습니다. 미녀가 자신이 얼마나 행복한지를 이야기하자 언니들의 질투심은 더욱 커졌습니다.

두 언니들은 정원으로 내려가 울면서 서로 말했습니다.

"왜 막내가 우리들보다 더 행복한 거지? 왜 우리는 막내만큼 사랑스럽지 않은 걸까?"

첫째가 말했습니다.

"내게 좋은 생각이 하나 있어. 막내를 일주일 넘게 여기에 잡아 두는 거야. 그러면 어리석은 야수는 분노로 가득 차겠지. 막내가 약속을 지키지 않았다고 생각하면서 말이야. 아마도 막내를 집어삼킬지도 몰라."

그러자 둘째가 말했습니다.

"그 말이 맞아. 그렇게 한다면 우리는 더 사랑받을 수 있을 거야!"

이런 결론을 내리고 나서 둘은 다시 올라가 막내에게 무척 친절하게 대해 주었습니다. 미녀는 기쁨에 겨워 눈물까지 흘렸어요. 일주일이 지나자 두 언니는 말들을 모조리 쫓아 버린 뒤 미녀가 떠난다는 것에 슬퍼하는 척했습니다. 마음이 약해진 미녀는 일주일을 더 있기로 약속했습니다. 하지만 미녀는 온 마음을 다해 사랑하는, 가엾은 야수에게 고통을 줬다는 사실에 후회했습니다. 그리고 야수를 보지 못해 무척 쓸쓸했습니다.

아버지의 집에서 지낸 지 열 번째 밤에 미녀는 꿈을 꾸었습니다. 그녀는 성의 정원에 서 있었고, 야수는 풀밭 위에 누워서 고통 속에 죽어가고 있었습니다. 그녀의 배은망덕함이 그를 죽게 만든 것이었습니다. 미녀는 몸을 떨면서 눈물을 쏟기 시작했어요.

"난 정말 나쁜 사람이구나. 그토록 나에게 배려해 준 야수에게 고통을 주다니! 이게 그의 잘못인가? 그가 추하게 생겨서? 그가 지혜롭지 못해서? 하지만 그는 좋은 사람이야. 그건 그 어느 것보다 가치 있는 거야! 왜 나는 그와 결혼하려고 하지 않은 거지? 그와 함께라면 잘생기고 지혜로운 사람보다 더 행복할 거야. 한 여인을 행복하게 만드는 건 남편의 아름다움도 지혜도 아니야. 좋은 품성과 덕망, 배려라고. 그리고 야수는 이 모든 것을 갖췄어. 나는 그를 사랑하지 않아. 하지만 나는 친절하고 존중할 줄도 알고 감사할 줄도 알아. 가자. 그에게 더 이상 불행을 안겨 줄 수는 없어. 내가 이렇게 행동하면 나는 평생 후회할 거야."

이 말과 함께 미녀는 잠에서 깨어나 탁자 위에 반지를 올려두고 다시 어렵게 잠을 청했습니다. 아침에 일어나 보니 그녀는 야수의 성에 있었습니다. 기쁨에 들뜬 그녀는 그를 즐겁게 해 주기 위해 멋진 옷을 차려입었습니다. 그리고 밤 9시가 될 때까지 쓸쓸하게 보냈다. 하지만 9시를 알리는 종소리가 들려도 야수는 전혀 보이지 않았습니다.

미녀는 야수가 죽었을까 봐 너무 걱정되었습니다. 그녀는 온 성을 뛰어다니며 그의 이름을 부르다가 곧 절망에 휩싸였습니다. 모든 곳을 샅샅이 뒤진 다음, 문득 꿈에서 봤던 장면이 떠올라 그녀는 운하 쪽에 있는 정원으로 달려갔습니다. 가엾은 야수는 미녀가 왔다는 것도 모른 채 쓰러져 있었습니다. 미녀는 야수가 죽었을지도 모른다고 생각하며 그에게로 급히 달려갔습니다. 그의 얼굴은 더는 무섭지 않았고, 그를 보자 그녀의 심장이 다시금 세차게 뛰는 것을 느꼈습니다. 그녀는 운하에서 급히 물을 떠다가 야수의 머리 위에 뿌렸습니다. 야수가 천천히 눈을 뜨고는 미녀에게 말했습니다.

"당신은 약속을 잊으셨군요. 당신을 잃었다는 슬픔에 저는

굶어 죽기로 작정했답니다. 하지만 죽기 전 마지막으로 한 번 더 당신의 얼굴을 볼 수 있어서 무척 기쁘군요."

"안 돼요, 사랑하는 야수여. 당신은 죽지 않을 거예요. 살아서 저의 남편이 되어야죠. 제 손을 당신에게 건넨 이 순간부터, 저는 당신만을 위해 존재한다고 맹세할게요. 아아, 전 오로지 당신에게 친절을 베푼다고 생각했는데, 제가 느끼는 이 고통을 보니 이제 당신을 보지 않고는 살 수가 없을 것만 같아요."

미녀가 고통스럽게 이 말을 내뱉자 곧 성 안의 불이 모두 켜지고, 하늘에선 불꽃들이 터지며 음악이 울려 퍼졌습니다. 모든 것이 축제의 서막을 알리고 있었지만 미녀의 시선을 잡아 두지는 못했습니다. 그녀는 다시 사랑하는 야수를 향해 고개를 돌렸다가 몸을 떨었습니다. 정말 놀라운 일이었습니다! 야수는 어느새 사라지고 미녀의 발치에는 정말 멋진 왕자가 있는 것이었습니다. 그가 미녀의 관심을 끌 법도 했지만 미녀는 그저 야수가 어디 있냐고 물을 뿐이었습니다. 그러자 왕자가 대답했습니다.

"여기 있습니다. 예전에 나쁜 요정이 저를 야수의 모습 안에 가둬 버렸거든요. 아름다운 여인이 저와 결혼하기를 승낙하기 전까지 말입니다. 그리고 그 요정은 제 지혜와 재치까지도 내비치지 못하게 막아 버렸답니다. 이 세상에서 정말 착한 사람은 당신밖에 없었습니다. 그리고 오로지 당신에게만 제 마음을 움직일 수 있도록 허락했습니다. 당신에게 제 왕관을 씌워 드리겠습니다."

미녀는 무척 기뻐하며 왕자를 일으키기 위해 손을 내밀었습니다. 그들은 함께 성으로 들어갔습니다. 아버지와 그녀의 가족들 모두가 성으로 와 있었고, 미녀의 꿈속에 나타났던 여인도 있었습니다. 사실 그녀는 여인의 모습을 하고 있던 요정이었지요. 요정이 그녀에게 말했습니다.

"미녀여, 당신의 좋은 선택에 대한 보상입니다. 당신은 아름다움과 지혜보다는 덕망을 원했습니다. 그리고 이 모든 것을 가진 한 사람을 찾았군요. 당신은 이제 위대한 왕비가 될 것입니다. 권력이 당신의 덕망을 훼손시키지 않기를 바랍니다."

그리고 요정은 미녀의 두 언니들을 향해 말했습니다.

"나는 당신들의 악한 마음을 잘 알고 있습니다. 당신들은 두 개의 석상이 될 것입니다. 하지만 두 분을 감싸고 있는 돌 안에서도 이성은 간직할 수 있을 것입니다. 두 분은 동생의 성문을 지키십시오. 다른 고통은 주지 않을 것입니다. 단지 동생의 행복에 증인이 되어 주십시오. 자신의 잘못을 깨닫기 전까지는 이전의 모습으로 돌아올 수 없을 것입니다. 하지만 영영 석상으로만 남게 될까 봐 두렵군요. 교만함과 분노, 욕망, 나태를

상으로만 남게 될까 봐 두렵군요. 교만함과 분노, 욕망, 나태를 고치면 예전의 모습으로 돌아올 수 있을 겁니다. 그렇지만 나쁘고 인색한 마음인 당신들에게는 어쩌면 기적과 같은 일일지도 모르겠습니다."

　요정은 지팡이를 휘둘렀습니다. 방 안에 있는 모든 것들이 아름답고 멋지게, 왕궁에 어울리도록 변했습니다. 두 석상만 빼고 말이지요. 왕자는 미녀와 결혼했고, 둘은 아주 오랫동안 덕망을 쌓으며 행복하게 살았다고 합니다.

데지르 왕자와 미뇽 공주

어느 먼 옛날, 한 공주를 열렬히 사랑하는 왕이 살고 있었습니다. 하지만 공주는 결혼할 수 없는 처지였습니다. 바로 마법에 걸려 있었기 때문이었지요. 왕은 한 요정을 찾아가 어떻게 하면 이 공주와 결혼할 수 있을지 물어보았습니다. 요정이 왕에게 말했습니다.

"당신도 아시죠? 공주에게는 무척 아끼는 커다란 고양이 한 마리가 있다는 걸 말이에요. 공주는 그 고양이의 꼬리를 밟을 수 있을 정도로 교묘하고 재치 있는 사람과 반드시 결혼해야 한답니다."

왕자는 혼자 중얼거렸습니다.

"그리 어렵지는 않겠군."

그는 요정 곁을 떠나면서, 그 고양이의 꼬리를 밟지 못할 바에는 아예 꼬리를 짓눌러 버리겠다고 다짐하고는 곧장 공주의 궁전으로 달려갔습니다. 잠시 후 고양이가 그의 앞에 오더니 평소처럼 등을 둥글리고 앉았습니다. 왕은 한쪽 발을 든 뒤 고양이의 꼬리를 밟으려 발을 세차게 굴렀습니다. 하지만 고양이가 재빨리 몸을 돌린 탓에 왕의 발밑에는 아무것도 없었습니다.

이 운명의 꼬리를 밟기 위해 일주일이라는 시간이 걸렸습니다. 고양이가 물처럼 끊임없이 움직였기 때문이었지요. 그러다 마침내, 기쁘게도 왕은 고양이가 잠들어 있는 틈을 타 온 힘을 다해 발로 꼬리를 짓눌렀습니다.

고양이는 야옹! 하고 날카로운 비명을 지르며 잠에서 깨고는 갑자기 덩치 큰 남자의 모습으로 변했습니다. 그가 분노 가득한 눈으로 왕을 노려보며 말했습니다.

"넌 이제 공주와 결혼할 수 있다. 널 가로막고 있던 마법을 풀었기 때문이지. 하지만 난 복수할 거야. 넌 아들 하나를 갖게 될 테지만 그 아이는 언제나 불행에 사로잡혀 있을 거야. 자신의 코가 무척 길다는 것을 깨닫는 그 순간까지 말이지. 그리고 만약 네가 내가 말한 이 이야기를 누구에게라도 말하는 순간, 넌 죽게 될 것이다!"

왕은 이 커다란 마법사를 보고 몹시 겁에 질렸습니다. 하지만 이 협박을 듣자 웃음이 나서 참을 수가 없었습니다. 그는 속으로 생각했습니다.

'만약 내 아들이 무척 긴 코를 지녔다면, 그가 장님이거나 손이 불구가 아닌 이상 당연히 자신의 모습을 보거나 만질 수 있겠지.'

마법사는 사라졌습니다. 왕은 공주를 찾아갔고, 공주는 결혼을 승낙했습니다. 그러나 왕은 그녀와 그리 오래 살지 못했습니다. 공주와 결혼한 지 8개월이 지나자 갑자기 죽고 만 것이었습니다. 그리고 한 달 후 왕비는 왕자를 낳았고, 이름을 '데지르'라고 지었습니다. 크고 푸른 눈과 귀여운 입을 가진 왕자는 세상에서 가장 멋졌습니다. 하지만 그의 코는 무척이나 커서 얼굴의 절반을 덮을 정도였습니다.

이 커다란 코를 보자 왕비는 슬픔에 잠기고 말았습니다. 하지만 왕비의 곁에 있던 부인들은 모두들 왕자의 코가 왕비에게 보이는 것만큼 많이 큰 것은 아니며, 로마 신화에 나오는 영웅들의 큰 코와 같은 것이라며 위로했습니다. 왕자를 열렬히 사랑했던 왕비는 이 말을 듣고 무척 기뻤습니다. 게다가 데지르 왕자를 계속 보고 있자니 그의 코도 더 이상 크게 보이지 않았지요.

왕자는 극진한 보살핌을 받으며 자랐습니다. 그는 말을 빨리 배웠는데 그 이유는 사람들이 왕자 앞에서 코가 작은 사람들에 대한 온갖 나쁜 이야기들을 해 댔기 때문이었습니다. 왕자의 코와 비슷한 크기의 코를 지니지 않은 사람은 그의 곁에 감히 다가갈 수도 없었고, 왕비와 왕자들에게 아첨하는 신하들은 하루에도 몇 번씩 자식들의 코를 잡아당겨 늘리려고 애썼습니다. 하지만 아무리 코를 잡아당겨 봐도 데지르 왕자 옆에 서면 작디작아 보였답니다.

　어느덧 왕자는 철이 들 만큼 나이를 먹었습니다. 그가 갖가지 교육을 받기 시작하면서 어느 위대한 왕자나 아름다운 공주 이야기가 나올 때면, 사람들은 항상 그 왕자나 공주가 긴 코를 지녔다고 덧붙였습니다. 왕자의 방은 거대한 코를 가진 사람들이 그려진 그림으로 가득 차 있었습니다. 그 아래 서서, 왕자는 버릇처럼 거울을 마주하고 자신의 코 길이를 걸작이라도 되는 양 바라보았습니다. 그 어떠한 왕국이나 영광도, 그의 몸 일부분조차 대신할 수 없었습니다.

　왕자는 스무 살이 되었습니다. 그가 결혼할 때가 되었다고 생각한 사람들은 수많은 공주들의 초상화를 그에게 보여 주었습니다. 그는 특히 '미뇽'이라는 이름을 가진 공주의 초상화를 보고 반해 버렸지요. 어느 위대한 왕의 딸이었던 미뇽 공주는 왕국도 여러 개 가지고 있었습니다. 하지만 데지르는 그런 것들은 전혀 생각하지 않았습니다. 이미 그녀의 아름다움에 사로잡혔기 때문이었습니다. 그러나 데지르가 아름답다고 생각한 이 공주는 무척 작은 들창코를 가지고 있었습니다. 이 작은 코 덕분에 그녀는 세상에서 가장 예쁜 얼굴을 지닐 수 있었습니다. 하지만 궁전의 신하들은 몹시 난처한 상황에 빠지고 말았습니다. 작은 코들을 조롱하는 것이 습관이 된 신하들은 가끔씩 공주의 코 또한 비웃음거리로 만들었기 때문이죠.

그러나 데지르 왕자는 이번만큼은 그들의 빈정거림을 듣고 있을 수가 없었습니다. 왕자는 미뇽 공주의 코에 대해 비꼬는 말을 한 두 신하들을 궁전에서 내쫓았습니다. 신중해진 다른 신하들은 행실을 고치기 시작했습니다. 한 신하는 왕자에게, 큰 코를 가지지 않은 남자는 사랑받을 자격이 없지만 여자의 경우는 다르다고 말했습니다. 어떤 현명한 그리스인이 읽은 기록에 따르면, 그 아름다운 클레오파트라도 들창코를 지니고 있었다는 것이었습니다. 왕자는 이 좋은 소식을 전해 준 신하에게 훌륭한 선물을 주었습니다. 그리고 미뇽 공주에게 청혼하기 위해 사신들을 보냈습니다.

공주는 청혼에 승낙했고, 왕자는 그녀를 만나기 위해 십 킬로미터도 넘게 걸었습니다. 그녀가 무척이나 보고 싶었기 때문

이었지요. 그러나 그가 공주를 보고 그녀의 손등에 키스하려고 다가가는 순간, 마법사가 나타나더니 눈앞에서 공주를 데려가 버렸습니다. 왕자는 깊은 절망에 빠지고 말았습니다.

데지르는 미뇽 공주를 찾기 전까지는 자신의 왕국으로 돌아가지 않겠다고 결심했습니다. 그는 누구도 자신의 뒤를 따르지 못하게 막고, 좋은 말에 올라타고는 말의 목에 굴레를 걸고 말이 이끄는 대로 길을 따라갔습니다. 반나절을 걸었지만 주변에는 집 한 채도 보이지 않았습니다. 이윽고 말은 넓은 평원에 다다랐습니다.

말과 왕자는 몹시 배가 고팠습니다. 저녁이 되었을 때 왕자는 빛이 새어 나오는 동굴을 하나 발견했습니다. 안으로 들어서자 백 살도 넘어 보이는 작은 노파가 보였습니다. 노파는 왕자를 보기 위해 안경을 썼습니다. 하지만 노파의 코가 무척 짧고 작았기 때문에 안경은 금세 중심을 잃었습니다. 왕자와 요정(요정은 사실 노파였습니다)은 서로를 보며 갑작스럽게 웃기 시작했습니다. 그리고 동시에 외쳤어요.

"아! 정말 웃긴 코로군!"

한참 웃던 데지르 왕자가 요정에게 말했습니다.

"당신의 코보다는 덜 웃기다고요! 하지만 부인, 코가 어떻게 생겼는지는 일단 제쳐 둡시다. 먹을 것이 있으면 좀 주시겠습

니까? 배가 고파 죽을 것 같습니다. 제 가엾은 말도 마찬가지고요."

요정이 말했습니다.

"진심을 다해서 말씀드리건대, 당신의 코가 아무리 우스꽝스러울지라도 제 가장 친한 친구의 아들인 건 확실하군요. 전 당신의 아버지인 왕을 마치 동생처럼 사랑했답니다. 그는 잘생긴 코를 가졌지만요."

그러자 데지르가 물었습니다.

"그럼 제게 있어 어떤 점이 부족하죠?"

"오! 아무것도 부족하지 않아요. 오히려 넘치는군요. 하지만 그런 건 중요하지 않아요. 너무나 긴 코를 지녔다고 해도 정직한 남자일 수 있으니까요. 어찌됐건 제가 당신 아버지의 친구였을 때의 이야기를 해 줄게요. 그때 당신의 아버지는 자주 절 보러 왔답니다. 그 시절의 전 무척 예뻤어요. 이건 당신 아버지가 제게 말한 거예요. 우리가 나눴던 대화를 들려 드리죠. 그가 마지막으로 절 보러 왔을 때……."

데지르가 입을 열었습니다.

"아! 부인, 저도 당신의 이야기를 무척 듣고 싶어요. 다만 뭔가를 좀 먹은 다음에 말이죠. 부탁이에요, 기억해 주세요. 전 오늘 하루 종일 아무것도 먹지 않았다고요."

그러자 요정이 말했습니다.

"아, 불쌍한 청년이여. 당신 말이 맞아요. 그만 잊어버렸군요. 당신에게 먹을 것을 바로 가져다 드리죠. 그리고 당신이 먹고 있는 동안 제 이야기를 몇 마디만 하겠어요. 말을 많이 하는 건 별로 좋아하지 않아서요. 아무래도 코가 긴 것보다야 말이 긴 게 더 견디기 힘들겠죠? 기억나네요. 제가 어렸을 때 사람들은 저를 무척 좋아했답니다. 제가 그다지 말이 없는 사람이었기 때문이죠. 사람들은 왕비였던 제 어머니께 이렇게 말했죠. 아, 당신도 눈치챘겠지만 전 위대한 왕의 딸이니까요. 제 아버지는……."

그때 왕자가 요정의 말을 가로막았다.

"당신의 아버지는 배고프실 때 뭔가를 드셨겠죠."

그러자 요정이 다시 말했습니다.

"맞아요, 틀림없겠죠. 당신도 더 늦기 전에 뭔가를 먹어야겠네요. 전 단지 당신에게 말하고 싶었어요. 제 아버지가……."

"뭔가를 먹지 않고는 아무것도 듣기 싫습니다!"

왕자는 화를 내기 시작했습니다. 그러나 곧 분노를 가라앉혔습니다. 지금 그에게 요정이 꼭 필요했기 때문이었죠. 그는 다시 입을 열었습니다.

"물론 저는 당신의 이야기를 재미있게 들으며 배고픔을 잊을 수 있답니다. 하지만 당신의 말을 알아들을 수 없는 제 가엾은 말은 먹이가 꼭 필요해요.”

이 칭찬에 요정은 의기양양해졌습니다. 그리고 하녀를 부르며 왕자에게 말했습니다.

“오래 기다리지 않아도 된답니다. 당신은 거대한 코를 지녔음에도 무척이나 사랑스럽고 친절하군요.”

왕자는 속으로 생각했습니다.

‘나의 코를 가지고 놀려 대다니, 이 못된 여자 같으니라고! 내가 지금 배가 고프지만 않았어도 자신을 입 무거운 사람이라 여기는 이 수다쟁이를 내버려 두고 떠나는 건데. 자신의 결함을 알아채지 못한다는 건 정말 어리석은 일이야. 이 여자를 봐. 공주로 태어났기 때문에 아첨하는 사람들은 이 여자를 그저 추앙하면서 그녀가 말을 적게 한다고 세뇌시켰겠지.’

왕자가 이런 생각을 하는 동안, 하인들이 식탁에 음식을 차렸습니다. 왕자는 음식을 입에 넣으면서, 말하는 즐거움에 빠져 하인들에게 수백 개의 질문을 던져 대는 요정을 그저 멍하게 쳐다볼 뿐이었습니다. 특히 음식을 나르는 한 여인을 보며 무척이나 놀랐습니다. 그녀는 끊임없이 주인의 무거운 입에 대해 칭찬을 쏟아 내고 있던 것이었습니다. 왕자는 음식을 먹으며 생각했습니다.

'그렇군, 여기 오게 되어 무척 기뻐. 저 모습을 보니 내가 이 제껏 아첨꾼들의 말을 듣지 않고 얼마나 현명하게 살아왔는지를 깨닫게 되는군. 그 사람들은 뻔뻔하게 우리를 찬양해 대지. 우리의 결점들을 숨기고 오히려 그것들을 장점들로 바꾸면서 말이야. 하지만 나는 그렇게 잘 속아 넘어가는 사람이 아니라고. 난 내 결점들을 정확히 알고 있지. 다행히도 말이야!'

불쌍한 데지르 왕자는 순진하게도 이렇게만 생각했습니다. 이따금씩 이 하녀가 고개를 돌리고 웃는 것이 보였지요. 그렇게 하녀가 요정을 속이고 있는 것처럼, 사람들이 자신의 코를 칭찬하며 자신을 속이고 있던 거라고는 왕자는 미처 생각하지 못했습니다. 그는 아무 말 없이 음식들을 먹어 치웠습니다.

왕자의 배가 어느 정도 부르자 요정이 그에게 말했습니다.

"왕자님, 부탁할게요. 조금만 고개를 돌려 주시겠어요? 왕자님의 코 때문에 생긴 그림자가 제 접시를 뒤덮어서 음식을 볼 수가 없군요. 아! 당신의 아버지에 대해서 말해 보죠. 그가 아직 어린 소년이었을 때 그의 궁전을 찾아간 적이 있답니다. 그렇게 구석지고 고독한 곳에 가 본 지도 벌써 40년이 지났군요. 지금 그 궁전의 모습은 어떤지 얘기해 봐요. 그쪽 부인들은 아직도 뛰어다니나요? 제가 젊었을 땐 하루 동안에 똑같이 생긴 부인들을 여기저기서 볼 수 있었답니다. 군중 속에서도, 공연

무대 위에서도, 산책길에서도, 무도회에서도……. 정말 당신의 코는 길군요! 아무리 봐도 익숙해지지 않아요!"

그러자 데지르 왕자가 화를 억누르며 대답했습니다.

"부인, 정말이지 제 코에 대해서 그만 얘기하세요. 생긴 대로 내버려 두자고요. 이게 당신께 그리 중요한 겁니까? 전 제 코에 만족합니다. 더 짧았으면 하고 바라지도 않고요. 사람마다 취향이 다른 것뿐입니다."

"오! 데지르 왕자님, 당신을 불쾌하게 했군요. 하지만 그럴 의도는 아니었어요. 오히려 전 당신의 친구이니 당신을 도와주고 싶답니다. 하지만 그래도 당신의 코에 대해 이야기하는 건 막을 수가 없어요. 그렇지만 이야기하지 않으려고 노력은 할 거랍니다. 억지로라도 당신이 들창코라고 생각할게요. 사실을 말하자면 그 들창코가 당신의 코 안에 세 개는 들어갈 것 같지만요."

식사를 마친 데지르는 자신의 코에 대한 끝날 줄을 모르는 이야기에 지쳐 말에 올라타고는 떠나 버렸습니다. 그는 여정을 이어 가면서, 그가 만나는 모든 사람들이 미쳤다고 생각했습니다. 어딜 가든 모두들 자신의 코에 대해 이야기했기 때문이지요. 하지만 아무리 많은 이야기를 들어도, 이미 자신의 코에 대한 칭찬에만 익숙해져 있던 왕자는 자신의 코가 길다는 것을 인정할 수 없었습니다.

어떻게든 왕자를 돕고 싶었던 늙은 요정은 미뇽 공주가 수정으로 된 궁전에 갇혀 있다는 것을 깨닫고는, 이 궁전을 왕자가 가는 길목으로 옮겨 두었습니다. 데지르는 기쁨에 차서 궁전을 깨뜨리려고 온 힘을 다했지만 궁전은 꿈쩍도 하지 않았습니다. 절망에 빠진 왕자는 공주와 이야기라도 나누고 싶었습니다. 궁전 안의 공주는 왕자의 바로 옆에 있었고 그녀의 손을 수정 벽으로 뻗었습니다. 왕자는 그 공주의 손등에 키스하려고 했습니다. 하지만 그가 아무리 고개를 내밀어도 그녀의 입술에 닿을 수가 없었어요. 그의 코가 입술을 막고 있었기 때문이었습니다. 그는 처음으로 비정상적인 자신의 코 길이를 깨닫고, 자신의 코를 만지작거리며 작게 중얼거렸습니다.

"인정해야 해. 내 코는 무척이나 길구나!"

왕자의 말이 끝나자마자 수정 궁전이 무너지더니 산산조각이 났습니다. 그리고 미뇽 공주의 손을 잡고 있던 노파가 왕자에게 말했습니다.

"제게 은혜를 입었다는 것도 인정하시지요. 전 수없이 당신의 코에 대해 말했어요. 결국 당신이 원하는 것에 걸림돌이 되고 나서야 자신의 결함을 알아챘군요. 이렇게 자존심은 영혼과 몸의 결점을 우리에게서 감춰 버린답니다. 그것들을 들춰내려는 억지 노력은 허사예요. 오직 자존심이 자신의 욕심과 반대된다고 깨달았을 때에만, 자신의 결점을 마주할 수 있습니다."

어느새 평범한 코로 돌아와 있던 데지르는 많은 교훈을 얻었습니다. 그는 미농 공주와 결혼했고, 아주 오랫동안 그녀와 행복하게 살았답니다.

셰리 왕자

어느 먼 옛날 한 왕이 살고 있었습니다. 이 왕은 무척 정직하고 올바른 사람이었기에 백성들은 모두 그를 좋은 왕이라고 불렀습니다. 어느 날 왕이 사냥을 나가게 되었습니다. 순간 새하얗고 작은 토끼가 왕의 사냥개들 눈에 들어왔고, 개들은 토끼를 죽이려고 맹렬히 짖으며 달려들었습니다. 그러자 토끼는 왕의 품속으로 후다닥 뛰어들었습니다. 왕은 이 작은 토끼를 쓰다듬으며 말했습니다.

"이 작은 것이 내 보호 아래 몸을 맡겼구나. 그러니 이 토끼를 해하지 마라."

그는 토끼를 궁전까지 데리고 가서 작고 예쁜 집을 마련해 주었고, 그 안에 토끼가 먹을 좋은 풀들도 넣어 주었습니다. 밤

이 되어 그가 홀로 방에서 자고 있을 때, 그의 눈앞에 아름다운 여인이 나타났습니다. 여인은 금은보화로 장식하지 않은 상태였지만 그 드레스는 눈처럼 새하얗고, 머리 위에는 모자 대신 하얀 장미로 만든 화관을 쓰고 있었습니다. 왕은 이 여인을 보고 몹시 놀랐습니다. 그의 방문은 굳게 잠겨 있었기 때문이었지요. 그녀가 어떻게 방 안으로 들어왔는지 도대체 알 수가 없었습니다. 그런 그를 보고 미소를 띠며 그녀가 말했습니다.

"저는 캉디드 요정입니다. 당신이 사냥을 하는 동안에 숲을 지나가다가, 문득 사람들이 입을 모아 좋은 왕이라고 부르는 당신이 정말 좋은 왕인지 알고 싶었답니다. 그래서 작은 토끼의 모습을 하고 당신 품에 뛰어들었지요. 동물에게 자비를 베푸는 사람은 사람에게도 똑같이 선하게 대한다는 걸 알고 있거든요. 만약 당신이 저를 내쳐 버렸다면 전 당신이 나쁜 사람이라고 생각했을 겁니다. 당신의 진심을 알게 된 저는, 당신이 제게 베풀어 주신 선행에 감사를 전하러 왔습니다. 또 언제까지나 당신의 친구로 남아 있을 것입니다. 그러니 당신이 원하는 건 무엇이든 말씀하세요. 들어드리겠다고 약속하겠습니다."

그러자 왕이 말했습니다.

"여인이여, 당신은 요정이기에 제가 원하는 게 무엇인지 전부 알 것입니다. 제게는 오직 아들 하나밖에 없습니다. 전 아들을 무척 사랑하기에 아들 이름도 '셰리'라고 지었습니다. 만약 당신이 저에게 어떤 것을 해 주고 싶다면, 제 아들의 좋은 친구가 되어 주세요."

"기꺼이 그렇게 하죠. 당신의 아들을 세상에서 제일가는 미남으로 만들 수도 있고, 혹은 부자로, 아니면 권력자로 만들 수도 있습니다. 원하는 걸 고르시지요."

이에 왕이 대답했습니다.

"아들을 위해 원하는 건 아무것도 없습니다. 하지만 당신이 제 아들을 왕자들 중 가장 좋은 사람으로 만들어 주신다면 무척 감사하겠습니다. 잘생기고, 돈이 많고, 세상 모든 왕국을 가졌다고 하더라도 악한 사람이면 그게 다 무슨 소용이겠습니까? 요정님도 아시다시피 그렇게 되면 제 아들은 결국 불행해질 겁니다. 그에게 기쁨을 가져다줄 수 있는 건 오직 덕망밖에 없습니다."

그러자 캉디드 요정이 말했습니다.

"일리가 있는 말이군요. 하지만 제겐 셰리 왕자를 올바른 사람으로 만들어 줄 힘이 없습니다. 그것은 왕자 자신만이 할 수 있는 일입니다. 덕망 높은 사람이 되도록 왕자 스스로가 끊임없이 노력해야 하지요. 제가 당신께 약속할 수 있는 것은 제가 왕자에게 좋은 충고를 계속 해 주리라는 것뿐입니다. 그리고 왕자가 스스로 잘못을 고치고 대가를 치르려 하지 않는다면, 그 행동에 제약을 가하는 것 또한 제가 할 일이지요."

왕은 이 약속에 무척 기뻐했습니다. 그리고 얼마 지나지 않아 조용히 숨을 거두었습니다. 아버지를 진심으로 사랑했던 셰리 왕자는 그의 죽음에 많은 눈물을 쏟았습니다. 아버지를 살리기 위해서라면 자신의 모든 왕국과 금은보화까지도 내놓을 수 있을 것 같았습니다. 하지만 아버지를 다시 살리는 것은 불가능한 일이었지요. 왕이 죽고 이틀이 지난 후, 셰리 왕자가 잠자리에 들었을 때 캉디드 요정이 그의 앞에 나타나 말했습니다.

"전 당신의 아버지와 약속했습니다. 당신의 친구가 되어 주겠다고 말이죠. 제 약속을 지키기 위해 당신께 선물을 하나 하겠습니다."

동시에 요정은 셰리 왕자의 손가락에 금반지를 하나 끼워 주었습니다. 그리고 다시 말했습니다.

"이 반지를 잘 간직하도록 해요. 다이아몬드보다 훨씬 더 귀중한 것이니까요. 당신이 나쁜 행동을 할 때마다 이 반지가 당신의 손가락을 찌를 거예요. 하지만 반지가 계속 당신을 찔러도 당신이 나쁜 행동을 일삼는다면, 전 당신의 친구이길 포기하고 가장 무서운 적으로 돌변할 것입니다."

이 말과 함께 캉디드 요정은 사라졌습니다. 셰리 왕자는 깜짝 놀랐습니다.

그날 이후 왕자가 현명하고 지혜로운 행동을 할 때면 반지도 평온한 상태로 있었습니다. 그러면 왕자도 무척 기뻤지요. 사람들은 그를 '행복한 셰리 왕자'라고 불렀습니다.

그러던 어느 날 왕자는 사냥에 나섰습니다. 하지만 왕자는 아무것도 잡지 못했고, 기분이 조금 나빠졌습니다. 그러자 왕자는 그의 반지가 손가락을 약간 조이는 듯한 기분을 느꼈습니다. 그러나 반지가 손가락을 찌르는 것은 아니었기에 그다지 신경을 쓰지는 않았습니다. 방으로 돌아오자 그의 강아지 비비가 그를 반기며 쓰다듬어 달라고 그에게 다가갔습니다. 왕자는 강아지에게 말했습니다.

"저리 가. 널 쓰다듬어 줄 기분이 아니라고."

말을 알아들을 수 없는 불쌍한 강아지는 적어도 주인이 자신을 바라봐 주었으면 하는 마음에 왕자의 옷깃을 물어 세게 잡아당겼습니다. 참을 수 없었던 셰리는 강아지를 발로 차 버렸습니다. 그 순간 반지가 마치 핀처럼 손가락을 찌르기 시작했습니다. 왕자는 몹시 놀랐습니다. 그리고 수치심을 느끼며 방 구석에 앉아 생각했습니다.

'그 요정이 날 놀리는 것 같아. 날 귀찮게 하는 동물을 한 번

발로 찼다고 해서 이렇게 아프게 해도 되는 거야? 거대한 제국의 주인인 내가 고작 내 개를 때릴 자유도 없다는 건가?'

그러자 갑자기 왕자의 생각에 대답하듯 어떤 목소리가 들려왔습니다.

"전 당신을 놀리는 게 아니에요. 당신은 한 가지 잘못을 한 것이 아니라 세 가지 잘못을 했답니다. 우선 당신은 당신에게 복종하지 않는 것에 대해 기분이 나빴어요. 당신은 모든 동물들이나 사람들이 당신에게 복종해야 한다고 생각하고 있어요. 그래서 당신은 화가 났죠. 그건 정말 잘못된 거랍니다. 그리고 당신은 사랑받을 자격이 있는 가엾은 동물을 함부로 대했어요. 저도 당신이 강아지 한 마리보단 훨씬 우위에 있다는 걸 알아요. 하지만 만약 어떤 생명체가 자신보다 아래에 있는 것들을 함부로 대하는 게 당연하다면, 요정은 사람보다 우위에 있으니 저 또한 당신을 때리거나 죽여도 되겠죠. 대제국의 주인으로 있다는 것은 하고 싶은 악행들을 저지를 수 있다는 말이 아니라, 할 수 있는 모든 선행들을 베푸는 거랍니다."

셰리 왕자는 그 말을 듣고 자신의 잘못을 인정하며 고치겠다고 약속했습니다. 그러나 약속을 지키지는 않았지요. 왕자는 어렸을 때부터 너무나 너그러운 보모 밑에서 귀여움을 받으며 자라 왔습니다. 무언가를 가지고 싶을 때면 울고불고 떼를 쓰며 난리를 피웠고, 그때마다 보모는 왕자가 원하는 건 무엇이든 즉시 해 주었습니다. 그로 인해 왕자는 완고하고 고집스런 성격이 되었던 것입니다. 또한 보모는 왕자에게 시시때때로 이런 말도 했습니다. 셰리는 언젠가 왕이 될 것이고, 모든 사람들이 왕에게 복종하고 왕을 존경해야 하며 또한 왕이 원하는 것은 백성들이 감히 막을 수 없으니 왕들은 무척 행복한 존재라고 말입니다. 셰리 왕자가 철이 들 만큼 성장했을 무렵, 그는 자신이 오만하고 교만하며 고집 센 악한 사람이라는 것을 깨달았습니다. 그는 자신의 행동을 고치려고 노력했지만 이런 잘못들이 이미 몸에 배어 버렸고 잘못은 없애기가 무척 힘들었습니다. 왕자가 본래 나쁜 영혼을 가지고 있던 것은 아니었기에 그는 악한 행동을 할 때마다 괴로워서 눈물을 흘리며 중얼거렸습니다.

"매일 이렇게 나의 분노와 오만함에 맞서 싸우자니 너무 힘들구나. 어렸을 때부터 사람들이 나의 행동을 바로잡아 주었더라면 지금 이렇게 고통스럽지는 않았을 텐데."

반지는 자주 그를 찔렀습니다. 어떤 때는 잠깐 찌르기도 했고, 다른 때는 끊임없이 찌르기도 했습니다. 또한 특이하게도 그가 가벼운 잘못을 저지를 때면 반지는 아주 조금 찔렀고, 그가 아주 나쁜 잘못을 저지르면 손가락에서 피가 날 정도로 세게 그를 찌르곤 했습니다. 이런 고통을 견디기 힘들었던 왕자는, 결국 자기 마음대로 나쁜 행동을 하고 싶어 반지를 빼서 집어던져 버렸습니다. 자신을 찌르던 것을 없애 버린 왕자는 세상에서 가장 행복한 사람이 된 것 같았습니다. 그는 머릿속에 떠오르는 어리석은 사람들을 모두 쫓아내 버렸고, 그렇게 점점 더 몹시 악한 사람이 되어 갔습니다. 이제 아무도 그를 용서할 수 없었습니다.

어느 날 셰리 왕자는 산책을 나갔습니다. 그러다 정말 아름다운 소녀를 보았고, 그녀와 결혼하겠다고 결심했습니다. 셰리 왕자는 소녀가 여왕이 되면 무척 행복해할 거라고 생각했습니다. 그러나 젤리아라는 이름을 가진 이 소녀는 아름다운 만큼 현명해서, 왕자에게 부드럽지만 단호하게 말했습니다.

"왕자님, 저는 그저 양을 지키는 소녀에 불과합니다. 재산도 한 푼 없습니다. 그래도 어쨌든 전 왕자님과 결코 결혼하지 않을 것입니다."

그러자 혼란스러워진 셰리 왕자가 물었습니다.

"제가 당신을 불쾌하게 했나요?"

젤리아가 대답했습니다.

"아니요, 왕자님. 전 왕자님을 인정합니다. 왕자님은 정말 멋있어요. 하지만 그런 당신의 아름다움도, 부유함도, 멋진 옷이나 화려한 마차들도 제게는 소용이 없답니다. 제가 매일 볼 왕자님의 악한 행동들이 왕자님을 경멸하고 증오하게 만들 것이니까요."

젤리아의 말에 몹시 화가 난 셰리 왕자는 하인들에게 즉시 그녀를 잡아 궁전까지 데려가라고 명령했습니다. 그러고는 젤리아가 드러낸 경멸 섞인 말을 떠올리며 하루 종일 멍한 상태로 지냈습니다. 하지만 그녀를 사랑했기에 왕자는 그녀를 가혹하게 대할 수 없었어요.

셰리 왕자가 가장 신뢰하는 사람 중에 자신의 보모가 낳은 젖동생이 한 명 있었습니다. 그 또한 왕자와 같은 성향을 가졌고, 왕자의 비위를 맞추기 위해 끝없이 아첨했으며 나쁜 조언들만 일삼았습니다. 그가 왕자의 슬픈 모습을 보고는 그 이유를 물었고, 왕자는 대답했습니다.

"젤리아의 경멸을 듣고 나니 견딜 수가 없어. 젤리아를 기쁘게 하기 위해서는 내가 덕망 높은 사람이 되어야 해. 그러니 내 잘못들을 고치기로 마음먹었네."

그러자 나쁜 남자가 대답했습니다.

"작고 여린 한 소녀를 위해서 자신을 고통스럽게 하려고 하다니, 왕자님은 정말 좋은 사람이군요. 제가 왕자님의 입장이라면 그 여자에게 복종하도록 강요했을 거예요. 왕자님은 곧

왕이 될 거라는 사실을 잊지 마십시오. 한낱 양치기 소녀의 의도에 복종하는 건 정말 수치스러운 일입니다. 저 여자는 오히려 왕자님의 노예들 사이에 끼게 되어 무척 기뻐할 것입니다. 감옥 안에 가두고 빵과 물 이외에는 아무것도 주지 마십시오. 만약 그래도 왕자님과 결혼하기를 거절한다면 고통 속에서 죽게 하십시오. 다른 사람들에게 왕자님의 뜻에 따라야 한다는 걸 보여 줘야지요. 평범한 소녀 하나가 왕자님에게 대들었다는 사실을 사람들이 알게 되면 왕자님의 명예에 금이 갈 겁니다. 게다가 이 세상에 모셔야 할 분은 오직 왕자님 한 분밖에 없다는 사실을 백성들도 모두 잊어버릴 겁니다."

셰리 왕자가 다시 입을 열었습니다.

"하지만 죄 없는 사람을 죽게 하는 것이 더 불명예스럽지 않겠나? 젤리아는 살인자도 아닌데……."

"왕자님의 명령에 복종하지 않았다는 죄가 있잖습니까. 사람들이 존경심을 잃고 왕자님께 대항하는 것보다야 조금 부당한 행위를 하는 게 나을 것입니다."

그는 자꾸만 셰리 왕자의 약점을 건드렸습니다. 권력이 점점 약해지는 것에 대한 두려움은 잘못된 행동을 고치겠다는 마음을 결국 가볍게 눌러 버렸습니다. 결국 왕자는 그날 저녁 양치기 소녀가 있는 곳으로 가서, 그녀가 아직도 결혼하기를 꺼려

한다면 어떤 가혹한 행위라도 하겠다고 마음먹었습니다. 또다시 왕자의 마음속에 선한 생각이 들까 두려웠던 그는 자신만큼 악한 세 명의 어린 귀족들을 모아 왕자를 뒤따르라고 했습니다. 그들은 함께 식사를 했고 세 명은 가엾은 왕자의 마음을 흔들어 놓기 위해 일부러 그에게 술을 많이 먹이며 젤리아에 대한 분노를 더욱 자극했습니다. 왕자는 자신이 젤리아 앞에서 약해졌던 것이 무척 수치스러워졌습니다. 그는 결국 미친 듯이 화를 내며 그녀가 자신에게 복종하게끔 만들 것이고, 그렇지 않으면 노예처럼 부리겠다고 맹세했습니다.

셰리 왕자는 소녀가 있는 방 안으로 들어갔습니다. 그렇지만 방 안에는 아무도 없었습니다. 하나뿐인 열쇠는 자신이 지니고 있었으므로 왕자는 더없이 놀랐습니다. 그는 격렬한 분노에 사로잡혔고, 젤리아가 도망갈 수 있게끔 도와줬을 법한 사람들에게 모두 복수하리라 다짐했습니다. 이 말을 들은 못된 친구들은 왕자의 이 분노를 이용해서, 왕자의 오른팔이었던 늙은 귀족 설리만을 없애기로 마음먹었습니다. 왕자를 아들처럼 여겼던 이 정직한 남자 설리만은 평소 왕자의 잘못을 몇 번이고 경고해 왔습니다. 셰리 왕자도 처음에는 그의 행동에 감사했습니다. 하지만 점점 설리만의 지적을 참을 수가 없었습니다. 그리고 모든 사람들이 자신을 찬양하는 가운데 홀로 자신의 흠만

들춰내는 설리만이 자신의 권력에 대항한다고 생각했습니다.

왕자는 설리만을 궁에서 쫓아내도록 명했습니다. 하지만 이 명령을 하고 나서도 왕자는 가끔씩 그가 참 좋은 사람이었다고 이야기했습니다. 그러나 설리만은 이제 더 이상 왕자를 사랑하지도, 존경하지도 않았지요. 한편, 왕자의 악한 친구들은 왕이 다시 설리만을 궁전으로 불러들일까 봐 언제나 노심초사하고 있었습니다. 그리고 그들은 설리만을 영원히 없애 버릴 기회를 기다리고 있었습니다. 결국 그들은 젤리아를 나갈 수 있게 도와준 사람이 바로 설리만이라고 왕자에게 말했습니다. 설리만 본인의 입으로 직접 들은 이야기라고 하면서 말입니다. 다시금 화가 치밀어 오른 왕자는 동생에게 당장 병사들을 보내 설리만을 잡아온 뒤 사슬로 묶어 두라고 명령했습니다. 병사들은 말없이 그의 명령에 따랐습니다.

셰리 왕자는 방으로 향했습니다. 그러나 방에 들어갈 수가 없었습니다. 천둥소리와 함께 땅이 심하게 흔들렸기 때문이었습니다. 이때 캉디드 요정이 눈앞에 나타나 쩌렁쩌렁한 목소리로 말했습니다.

"당신의 아버지와 약속했습니다. 당신이 스스로 잘못을 고치고 대가를 치르려 하지 않는다면, 제가 무슨 수를 써서든 당신을 막겠다고 말이죠. 당신은 제 조언과 벌을 무시했어요. 당신은 더 이상 인간이 아닙니다. 당신의 죄악이 당신을 괴물로 만들어 버렸습니다. 이제 당신을 제대로 벌할 차례입니다. 약속을 지키게 되어 무척 기쁘군요. 이제 당신의 성격에 딱 알맞은 모습을 주겠습니다. 분노는 사자의 모습을, 끝없는 식탐은 늑대의 모습을, 두 번째 아버지나 다름없는 사람을 내쫓은 것은 뱀의 모습을, 잔인함은 황소의 모습을 하게 될 겁니다. 이 동물들의 성격을 꼭 닮은 새로운 모습으로 갈아입으시지요."

요정이 말을 마치자 셰리 왕자의 모습은 그녀가 말한 대로 변했고, 그는 공포에 질리고 말았습니다.

왕자는 사자의 머리를 하고, 황소의 뿔, 늑대의 발, 뱀의 꼬리를 하고 있었습니다. 그리고 어느새 거대한 숲속의 연못가에 홀로 서 있었습니다. 물에 비친 자신의 끔찍한 모습을 본 왕자에게 커다란 목소리가 들려왔습니다.

"너의 죄악을 그대로 보여 주는 모습이다. 주의 깊게 살펴라. 너의 영혼은 너의 육체보다 천 배는 더 혐오스럽다!"

셰리는 그 목소리가 캉디드 요정의 것임을 알아챘습니다. 격분한 그는 고개를 이리저리 돌렸습니다. 할 수만 있다면 그녀에게로 달려들어 한입에 집어삼킬 것이었습니다. 하지만 아무도 보이지 않았습니다. 목소리는 계속 말을 이었습니다.

"나는 너의 과오와 분노에도 전혀 개의치 않는다. 그리고 너의 오만과 이기심을 꺾어 버릴 것이다. 네게 맞는 힘을 써서 말이지."

셰리는 한시라도 빨리 이 연못을 벗어나 자신에게 닥친 불행을 고쳐 줄 대책을 마련하고 싶었습니다. 자신의 흉하고 추한 모습을 더 이상 보고 있을 수 없었기 때문이었지요. 그는 숲속을 이리저리 헤매며 미친 듯이 달렸습니다. 하지만 얼마 가지 않아 금방 구덩이 속에 빠지고 말았습니다. 그것은 곰을 잡기 위해 자신이 예전에 설치해 둔 것이었습니다. 그와 동시에 숲속에 몸을 숨기고 있던 사냥꾼들이 구덩이로 내려와 순식간에 그에게 쇠사슬을 걸었습니다. 그리고 다름 아닌 그의 왕국 수도까지 그를 질질 끌고 내려왔습니다. 가는 도중에도 셰리는 이것이 자신의 과오를 깨닫게 할 벌이라고 여기는 대신, 끊임없이 요정을 저주했습니다. 그는 걷잡을 수 없는 분노에 휩싸인 채 입에서 피가 나도록 쇠사슬을 정신없이 물어뜯었습니다.

그가 마을 어귀까지 끌려왔을 때, 셰리는 마을에 성대한 축제가 벌어진 것을 보았습니다. 사냥꾼들은 마을 사람들에게 무슨 일이냐고 물었습니다. 사람들은 자신에게 고통만 주는 셰리 왕자가 벼락을 맞아 방 안에서 산산이 부서졌다고 말했습니다. 그들은 그렇게 믿고 있었으며 서로 신나서 이야기를 주고받았습니다.

"분명 그 왕자의 악행을 보고만 있을 수 없었던 신들이 지상에서 그를 해방시켜 준 거야! 네 명의 귀족들도, 그의 범죄에 가담했던 사람들도 그들끼리만 제국을 나눠 가지고 이용하리라 생각했겠지. 하지만 결국 왕자를 타락시킨 건 그들의 못된 충고 때문이었고, 그걸 잘 알고 있는 백성들이 왕자를 산산조각 냈어. 그리고 그 나쁜 셰리가 그토록 죽이고 싶어 했던 설리만에게 왕관을 씌워줬지. 훌륭한 설리만은 방금 왕의 자리에 올랐고, 우린 오늘을 왕국이 해방된 날로 기념하기 위해 축제를 벌이고 있어. 설리만은 덕망도 높고, 분명 우리를 평화 속에서 풍요롭게 해 줄 거니까!"

이 말을 들은 셰리는 분노의 신음을 내뱉었습니다. 자신의 궁전 앞에 다다르자 그의 탄식은 더욱 짙어졌습니다. 셰리는 찬란한 왕좌에 앉아 있는 설리만을 보았습니다. 셰리 왕자가 망쳐놓은 것들을 고쳐 줄 설리만의 장수를 모든 백성들이 기원하고 있었습니다. 설리만은 손을 들어 백성들에게 조용히 할 것을 요청했습니다. 그리고 입을 열었습니다.

"여러분이 제게 주신 이 왕관을 감사히 쓰겠습니다. 하지만 이것은 셰리 왕자를 대신하기 위해서입니다. 여러분이 생각하시는 것처럼 셰리 왕자는 죽은 것이 아닙니다. 이 사실은 한 요정이 제게 와서 말해 준 것입니다. 그리고 아마 언젠가 여러분은 덕망 높은 셰리 왕자의 모습을 보게 될 것입니다. 그가 나라를 다스리던 처음처럼 말이죠."

설리만은 눈물을 흘리며 말을 이었습니다.

"아아! 전 왕자의 영혼을 잘 알고 있습니다. 그는 분명 덕망이 있었습니다. 그를 얽어매 왔던 질서 없고 흐트러진 말들이 없었다면 그는 분명히 여러분 모두의 아버지가 되어주었을 것입니다. 그의 악행은 마음껏 싫어하십시오. 하지만 그를 불쌍히 여기십시오. 우리 다함께 신들에게 그를 다시 돌려 달라고 기도합시다. 그가 존엄으로 가득 차서 다시 제자리에 돌아오는 걸 볼 수만 있다면, 이 왕좌를 제 피로 물들인다고 해도 행복할 것입니다!"

설리만의 이 말은 셰리의 마음을 움직였습니다. 이 남자의 애정과 충성심이 얼마나 솔직하고 진지한지 느낄 수 있었습니다. 그리고 처음으로, 셰리는 자신의 과오를 뼈저리게 후회했습니다. 마음의 선한 움직임에 가까스로 귀를 기울이면서 자신을 뒤흔들었던 분노가 가라앉는 것을 느꼈습니다. 그는 자신이 사는 동안 해 왔던 모든 죄악에 대해 깊이 생각했고, 그에 응당한 벌을 충분히 받지 않았다고 결론을 내렸습니다. 그리하여 셰리는 쇠사슬에 묶여 철로 된 우리에 갇혀 있을 때도 몸부림치지 않았고 양처럼 온순하게 가만히 있었습니다. 사람들은 온

갓 잔인하고 맹렬한 괴물들을 가둬 두는 큰 곳에 셰리를 데려가 다른 짐승들과 같이 매어 두었습니다.

셰리는 이제 자신의 잘못을 바로잡기로 마음먹었습니다. 그리고 자신을 가두고 있는 남자에게도 겸허히 복종했습니다. 이 남자는 무척 잔혹한 남자여서, 기분이 나쁠 때면 아무 이유 없이 온순한 괴물들까지 마구 때렸습니다. 어느 날, 이 남자가 자고 있을 때 자신을 묶고 있던 쇠사슬을 끊어 낸 호랑이가 그 남자를 삼키려 달려들었습니다. 셰리는 자신을 학대하던 남자에게서 풀려날 수 있다는 생각에 순간 기뻤습니다. 하지만 곧 이 생각을 누르고 중얼거렸습니다.

"이 불행한 인간의 삶을 구해 주자. 악을 선으로 갚는 거야."

그러자 셰리를 가두고 있던 우리의 문이 열렸습니다. 그는 곧장 남자 곁으로 달려갔습니다. 남자는 잠에서 깨어나 호랑이로부터 자신을 보호하려 애쓰고 있었습니다. 남자는 자신을 향해 달려오는 괴물을 보자 자신이 죽을 거라고 생각했지만, 그 두려움은 곧 환희로 바뀌었습니다. 착한 괴물이 호랑이에게 덤벼들어 목을 짓눌러 얌전하게 만들어 놓고는 남자의 발치에서 조용히 잠을 청했기 때문이다.

감상에 젖은 남자는 자신에게 은혜를 베풀어 준 괴물을 당장이라도 끌어안고 쓰다듬고 싶었습니다. 하지만 갑자기 어떤 목소리가 들려왔습니다.

"선행에는 반드시 보상이 따르게 마련이지요."

어느새 남자의 발치에는 괴물이 아닌 귀여운 강아지 한 마리가 있었습니다. 자신의 변화에 무척 기쁜 셰리는 남자의 두 팔에 안겼습니다. 남자는 수없이 셰리를 쓰다듬었습니다. 그리고 셰리를 왕에게 데려가 자신이 경험한 놀라운 일에 대해 이야기했습니다. 자초지종을 들은 왕비는 강아지를 자신이 기르길 원했고, 셰리는 자신이 이전에 사람이었던 것도 잊고 새로운 환경에 무척 기뻐했습니다. 왕비는 숨이 막힐 정도로 셰리를 꼭 껴안았습니다. 하지만 그토록 큰 개는 본 적이 없었던 왕비가 수의사와 상담했고, 그 결과 아주 약간의 빵조각만 셰리에게 먹이게 되었습니다. 불쌍한 셰리는 항상 배가 고픈 상태로 있었습니다. 그러나 참고 견뎌야 했습니다.

그러던 어느 날, 셰리는 아침으로 작은 빵을 받았습니다. 셰리는 궁전 뒤뜰에서 그 빵을 먹으리라 생각했습니다. 그는 입에 빵을 넣고서 멀리 떨어진 운하 쪽으로 걸었습니다. 하지만 운하는 온데간데없었고 대신 온갖 금과 보석으로 반짝이는 거대한 건물이 보였습니다. 화려한 복장의 수많은 남녀가 그 건물로 들어가고 있었습니다. 사람들은 건물 안에서 춤추고 노래 부르며 배불리 먹는 것 같았지요. 하지만 나오는 사람들을 보니 모두들 창백한 얼굴을 하고 상처로 수척해진 몸을 겨우 가누고 있었습니다. 그들이 걸친 옷도 모두 형편없이 찢긴 상태였습니다. 몇몇 사람들은 시체가 되어 아무렇게나 던져졌습니다. 다른 사람들은 고통스러워하며 비틀비틀 건물을 나섰습니다. 또 다른 사람들은 바닥에 쓰러져 배고픔에 죽어 가면서, 이제 건물로 들어가려는 사람들에게 빵을 달라고 가느다란 소리로 간절하게 외쳤습니다. 하지만 새로 들어가는 사람들은 그들을 쳐다보지도 않았습니다.

셰리는 풀을 뜯어먹으려는 소녀에게로 천천히 다가갔습니다. 연민을 느낀 그는 속으로 중얼거렸습니다.

'난 작은 빵을 먹었지만 그래도 저녁이 될 때까지 굶어 죽지는 않을 거야. 이 불쌍한 아이를 위해 내가 희생한다면, 어쩌면 이 아이가 살 수 있을지도 몰라.'

다시금 선한 마음을 따르기로 결심한 그는 아직 입 안에 머금고 있던 빵을 소녀의 손 위에 살짝 올려두었습니다. 소녀는 금세 기운을 차린 것처럼 보였습니다. 알맞은 때에 도움을 줬다는 사실에 즐거워진 셰리는 이제 궁전으로 돌아가리라 생각했습니다. 바로 그때 찢어질 듯한 비명소리가 들렸습니다. 네 명의 남자가 젤리아를 붙들고 건물 안으로 밀어 넣고 있는 것이었습니다. 순간 셰리는 자신이 짐승의 모습을 한 것이 너무

나도 안타까웠습니다. 인간의 모습을 했다면 젤리아를 도울 방법이 분명히 있을 것이었지만, 지금은 그저 약한 개에 불과한 셰리는 남자들을 향해 맹렬히 짖으며 달려갈 수밖에 없었습니다. 그러다 발에 사정없이 걷어차인 그는, 젤리아에게 어떤 일이 생길지 알아내기 전까지는 결코 그 건물을 떠나지 않겠다고 결심했습니다. 이 아름다운 소녀에게 곧 불행이 닥칠 것만 같았습니다. 그는 생각했습니다.

'아아! 그녀를 끌고 가려는 이 남자들에게 걷잡을 수 없이 화가 나는구나! 이것과 똑같은 죄악을 나도 저지르지 않았는가! 만약 신의 정의(正義)가 나의 이 난폭함을 미리 알려 줬더라면 지금처럼 이렇게 수치스럽지는 않았을 텐데!'

순간 머리 위에서 나는 큰 소리에 셰리의 생각이 멈췄습니다. 덜컥 창문이 열리더니 젤리아의 모습이 보였습니다. 셰리는 그녀를 보자 무척 기뻤습니다. 그녀는 창문으로 먹음직스러운 고기 한 덩이를 던졌고, 창문은 곧바로 다시 닫혔습니다. 아직 아무것도 먹지 못한 셰리는 자신에게도 먹을 기회가 왔다고 생각했습니다.

그는 즉시 고깃덩이를 먹어 치웠습니다. 그러나 방금 셰리의 도움으로 살아난 작은 소녀가 비명을 지르며 그를 끌어안더니 울면서 말했습니다.

"불쌍한 멍멍아, 이 고기들은 절대 건드리면 안 된다고! 이 건물은 쾌락의 성이고 모든 것에 독이 발라져 있단 말이야……."

그와 동시에 셰리의 귀에 다른 목소리가 울려 퍼졌습니다.

"선행에는 반드시 보상이 따르게 마련이지요."

그 즉시 셰리는 작고 새하얀 비둘기로 변했습니다. 자신의 몸이 캉디드 요정과 같은 색으로 바뀐 것을 깨달은 셰리는 그녀가 다시 한 번 자신에게 자비를 베풀어 주기를 원했습니다. 우선 젤리아의 곁으로 가리라 생각한 그는 공중으로 날아올라 건물을 한 바퀴 돌아보았습니다. 창문 하나가 열려 있는 것을 본 그는 기뻐하며 창문을 통해 들어갔습니다. 그러나 아무리 찾아도 건물 안에 젤리아는 보이지 않았습니다. 절망에 빠진 그는 그녀를 찾기 전까지는 멈추지 않겠다고 굳게 다짐했습니다.

그는 며칠 동안 이곳저곳을 날아다녔습니다. 그러다 불모지에 다다랐고, 거기 있는 동굴을 향해 날았습니다. 기쁘게도 그곳에 젤리아가 있었습니다! 그녀는 어떤 은둔자 옆에 앉아 가벼운 식사를 하고 있었습니다. 즐거워진 셰리는 이 아름다운 양치기 소녀의 어깨 위에 앉았습니다. 그리고 젤리아의 얼굴에 몸을 문지르며 다시 보게 되어 기쁘다는 뜻을 표현했지요. 이 작은 비둘기의 상냥함에 감동한 젤리아도 손으로 셰리를 어루만졌습니다. 비둘기가 자신의 말을 알아들을 거라고 생각하지 않았지만, 그녀는 비둘기에게 말했습니다.

"네가 나에게 준 선물을 받아들일게. 널 언제까지나 사랑할게!"

그러자 은둔자가 말했습니다.

"젤리아, 뭘 한 거죠? 방금 서약을 한 건가요?"

그와 동시에 셰리가 원래 모습으로 돌아왔습니다. 그가 말했습니다.

"그러죠, 아름다운 양치기 소녀여. 제 모습으로 돌아올 수 있는 마지막 열쇠는 당신이 우리의 결혼을 승낙하는 것이었나 봅니다. 당신이 언제까지나 절 사랑하겠다고 약속함으로써 전 행복해졌습니다. 제 보호자인 캉디드 요정에게 간청했어요. 당신을 기쁘게 해 드릴 수 있는 모습이면 무엇이든 기꺼이 받아들이겠다고 말이죠"

순간 은둔자의 모습을 하고 있던 캉디드 요정이 본모습으로 돌아와 말했습니다.

"당신은 불안정함 속에서도 결코 두려워하지 않았어요. 사실 젤리아는 당신을 보자마자 당신과 사랑에 빠지게 되었지요. 하지만 당신이 행한 죄악들이 젤리아를 당신에게서 밀어낸 거랍니다. 결국 당신 마음의 변화로 인해 젤리아의 애정이 다시 살

아난 거예요. 이제 두 분은 행복하게 살 겁니다. 두 분의 결합은 덕망을 근본으로 했기 때문이죠."

셰리와 젤리아는 캉디드의 발밑에 엎드렸다. 왕자는 그녀의 호의에 몇 번이고 감사했고, 젤리아는 왕자가 온갖 악행들을 싫어하게 되었다는 것을 알고는 자신의 영원하고 진정한 사랑을 왕자에게 약속했습니다. 그 모습을 본 요정이 말했습니다.

"일어나요, 이제 두 분을 궁전으로 데려다 드릴게요. 죄악은 결코 받을 수 없었던 왕관을 이제 셰리 왕자가 쓸 차례니까요."

그녀가 말을 마치고 나니 어느새 그들은 설리만의 방 안에 있었습니다. 설리만은 덕을 쌓은 셰리의 모습을 보고, 무척 기뻐하며 왕좌에서 일어나 셰리 왕자의 충직한 신하로 남았습니다.

왕이 된 셰리는 젤리아와 함께 오랫동안 왕국을 다스렸습니다. 그가 다시 손가락에 끼운 반지는 이제 더는 그를 찌르지 않았다고 합니다.

동화계의 르네상스를 불러일으킨 〈미녀와 야수〉

처음 '동화'라는 장르가 탄생했던 것은 16세기 이탈리아에서였다. 당시에는 큰 인기를 얻지 못했지만 17세기에 이르러 동화가 확산되기 시작했다. 이는 바로 프랑스의 문학 살롱 덕택이었다. 합리주의가 팽배하던 시대에, 한편에서는 합리주의와 정반대의 개념이라고 할 수 있는 동화가 빛을 발한 것이다. 여러 가지 전설, 신화와 고대 서사를 차용하여 수많은 작가들이 동화를 전파했다. 특히 '동화의 아버지'라 불리는 샤를 페로는 사교계에서 유행하던 이야기들을 세련된 문체로 풀어 썼고, 그의 대표작 〈어미 거위의 이야기〉는 특이한 전개로 독자들을 사로잡았다. 그러나 18세기가 되자 문학 살롱은 자취를 감췄고 중동의 구전 문학을 정리한 〈아라비안나이트〉,

즉 〈천일야화〉가 그 자리를 대신할 뿐이었다.

그러다 18세기 중반, 쟌 마리 르 프랭스 드 보몽이 쓴 〈미녀와 야수〉의 등장으로 동화는 다시 한 번 사람들의 입에 수없이 오르내리게 된다. 아이들을 위한 책이었음에도 〈미녀와 야수〉는 당시 행상꾼들에 의해 널리 퍼져 많은 사람들에게 읽혔다.

〈미녀와 야수〉 다시 쓰기

전 세계적으로 〈미녀와 야수〉를 모르는 사람은 극히 드물 것이다. 그만큼 이 작품은 꼭 읽어야 할 동화 중 한 편으로 자리매김해 이미 우리에겐 익숙한 작품이다. 그러나 〈미녀와 야수〉를 책으로 처음 접한 사람은 그리 많지 않다. 대부분 영화나 애니메이션 등에 나오는 여주인공 벨의 모습을 먼저 떠올릴 것이다. 〈미녀와 야수〉는 이제 더 이상 텍스트 속에만 존재하는 인물이 아니다.

1991년에 등장한 월트 디즈니 사의 애니메이션인 〈미녀와 야수〉는 아마 현대인들에게 가장 많이 알려진 〈미녀와 야수〉의 버전일 것이다. 이것도 그 밑바탕에는 보몽의 원작이 깔려 있지만, 원작이 권선징악적인 교훈에 충실하고 있다면 애니메이션은 20세기에 발맞춰 각색을 했기에 캐릭터를 제외한 거의 모든 줄거리가 원작과는 다른 모습을 취하고 있다. 게다가 보몽의 원작 여주인공은 수동적이고 소극적인 18세기 여성의 특징을 그대로 담고 있지만, 애니메이션의 주인공은 그보다는 훨씬 능동적이고 적극적으로 사랑을 표현하는 20세기 여성상을 보여 준다.

1946년에 개봉한 장 콕토 감독의 〈미녀와 야수〉 영화는 아브낭이라는 이름의 인물을 더 추가해 미녀와 야수, 아브낭 사이의 삼각관계를 형성시켰다. 그 시대에 맞는 적당한 재미와 긴장감을 조성한 것이다. 2014년 개봉한 크리스토프 갱스 감독의 〈미녀와 야수〉 영화도, 원작과 비슷하면서도 21세기에 맞춰 작은 요소들을 다시 각색한 부분이 돋보인다.

이 외에도 미국, 호주, 체코슬로바키아 등지에서 〈미녀와 야수〉를 영화화했다. 한국에는 아이들을 위한 뮤지컬 버전도 있으며, 미국에서는 TV 시리즈로도 방영된 적이 있다.

이렇게 〈미녀와 야수〉는 그 스토리만으로 250년이 넘는 시간 동안 사랑받으며 수많은 장르와 형태로 다시 쓰였다. 우리가 기억하는 '미녀'의 모습은 시대에 따라 약간씩 다르겠지만 둘의 이름은 많은 사람들의 뇌리 속에 박혀 있다. 그 이유가 비단 미녀와 야수의 애절한 사랑 때문은 아니다.

교육에의 열정이 탄생시킨 동화

쟌 마리 르 프랭스 드 보몽은 1711년 프랑스에서 태어났다. 어린 나이에 사고로 어머니를 여의고, 곧이어 닥쳐온 가난에 할 수 없이 형제들과 뿔뿔이 흩어질 수밖에 없었다. 1735년 여학교를 졸업하자마자 프랑스 로렌 주의 궁정에서 노인이나 환자를 돌보며 동시에 아이들에게 음악을 가르친다. 그녀는 특히 아이들을 대하는 것에 흥미를 느꼈다. 그러나 이어지는 불행한 결혼 생활은 그녀를 힘들게 했다. 딸 엘리자베스가 태어났지만 결국 남편과 이혼하게 되고, 교사직에서도 물러날 수밖에 없었다.

어떻게든 아이들을 가르치고 싶었던 그녀에게 친구 생주아르 부인이 한 가지 제안을 한다. 영국 런던의 교육이 체계적이지 않으니, 런던으로 가서 어린 귀족 자제들을 가르치면 궁정 활동을 계속할 수 있을 것이라는 이야기였다. 실제로도 당시 런던에는 프랑스 출신 여자 교사들이 수없이 많았다. 특히 경험도 풍부한 데다 천부적인 재능을 가지고 있었던 보몽에게 분명 기회도 많이 있을 터였다. 결국 보몽은 딸 엘리자베스를 기숙학교에 맡기고 프랑스를 떠나 런던으로 향했다.

프로테스탄트가 득세했던 시대에 신실한 가톨릭 신자였던 그녀는 같은 종파 사람들의 도움으로, 귀족 그랜드빌 경의 네

살배기 딸인 소피의 가정 교사를 맡게 된다. 어린 나이에 어머니를 여읜 소피는 일곱 언니들과 함께 아버지 밑에서만 자랐다. 그 탓에 마음의 문이 닫혀서인지 소피를 스쳐간 수많은 가정교사들은 모두 지쳐서 그만둬 버렸다고 한다. 하지만 소피와 마찬가지로 어린 나이에 어머니를 잃었던 보몽은 소피를 훌륭하게 가르치는 데 성공했다. 소피가 투정을 부릴 때는 단호하게 혼을 내기도 하고, 한편으로는 동화를 들려주며 소피를 달래기도 했다. 후에 소피를 '마음속의 딸'이라고 칭할 정도로 그녀는 소피를 사랑했다.

보몽은 교육적인 측면에서 세계적으로 저명한 철학자인 장자크 루소(1712~1778)의 철학을 따랐다. 루소는 최초로 인간 평등을 몸소 실천한 철저한 평등주의자로서, 평화롭고 자유로운 평등한 사회의 원형을 복원하자는 '일반 의지'를 주장했다.

그리고 이 일반 의지를 실천하고자 노력했던 보몽의 좌우명은 '아이들을 재미있게 가르치자'였다고 한다. 그리고 어린 소녀들을 가르치기 위한 도덕적인 교훈을 담은 내용을 대화체로 풀어낸 〈아이들을 위한 잡지〉, 〈청소년을 위한 잡지〉 등, 여러 대상을 위한 〈잡지〉 시리즈를 완성한다. (제목이 〈잡지〉이지만 단편일 뿐 연재한 것은 아니다.) 특히 1757년 〈아이들을 위한 잡지〉에 수록된 〈미녀와 야수〉로 인해 보몽은 후대에 이름을 날

리게 된다.

오늘날 그녀는 어린 독자들의 눈높이에 자신을 맞추고, 단순한 필체로 글을 써 내려간 최초의 작가로 여겨진다. 본 책의 〈미녀와 야수〉, 〈데지르 왕자와 미뇽 공주〉, 〈셰리 왕자〉는 모두 〈아이들을 위한 잡지〉에 수록된 작품이다.

이름이 주는 명확함

위에서도 언급했듯이 보몽은 교육에의 열정이 뜨거웠고, 아이들에게 더 재미있게 교훈을 주기 위해 동화들을 써 내려가기 시작했다. 그래서 보몽의 작품에 등장하는 주인공들의 이름부터가 주인공이 어떤 인물인지를 확실히 보여 준다.

〈미녀와 야수〉에서 주인공의 이름은 각각 '미녀', '야수'다. (월트 디즈니 사의 애니메이션에서 미녀의 이름은 '벨'로 나오는데, '벨'은 프랑스어로 '미녀'라는 뜻이다.) 데지르 왕자와 미뇽 공주의 이름도 각각 '욕망'과 '사랑스러운'의 뜻을 담고 있다. 셰리 왕자도 '지극히 사랑하는, 아끼는'의 뜻이다. 이렇게 이름 자체에 주인공의 성격이나 특징을 부여함으로써 보몽의 동화는 당시 아이들의 귀에도 잘 들어오고 교훈도 쉽게 알 수 있는 동화로 자리매김했을 것이다.

변신 모티프

인간이었던 존재가 이제 더 이상 인간이 아닌 존재로 살아가야 한다는 사실이 주는 공포감은 많은 독자들이 '프란츠 카프카'의 〈변신〉에서 익히 느꼈을 것이다. 평범한 인간이었던 그레고리가 하루아침에 한낱 벌레로 변해 버려 그야말로 벌레 취급을 당하는 것을 보면 적잖은 충격을 받게 된다. 판타지의 요소가 가미된 동화에서는 이 변신 모티프가 더욱 자주 차용되는데, 악한 행동을 했거나 요정에게 미움을 산 인간들은 가차 없이 그 모습이 변한다.

야수도 셰리 왕자도 인간의 모습으로 잘 지내고 있다가 갑자기 동물의 형상을 하게 되었다. 셰리 왕자는 악행을 수없이 저질렀기 때문에 그에 응당한 모습을 했다지만 야수는 나쁜 요정을 만나 영문도 모른 채 순식간에 변해 버렸다. 데지르 왕자는 아버지가 요정의 꼬리를 밟아 기분을 상하게 했기에 잘못도 없이 큰 코를 지닌 채로 살아갈 수밖에 없었다.

물론 요정들도 인간 앞에 나타날 때 자주 그 모습을 바꾼다. 때로는 노파로, 때로는 고양이로, 또 때로는 토끼로 변해 그 모습을 드러낸다. 그러나 요정은 자신의 의지대로 모습을 바꿀 수 있다. 그렇기에 우리는 요정을 전지전능한 존재로 받아들인다. 그러나 그 전지전능한 존재가 마법을 걸었을 때, 인간은 언제까지고 기약 없이 짐승 혹은 추한 모습을 한 채 살아가야 한다. 짧은 텍스트 안에 강렬한 메시지를 남기는 동화에서 변신은 가장 효과적이고 충격적인 모티프로 작용해 교훈을 던진다.

시대를 거슬러 올라갈수록 자연스럽게 이 '변신'에 대한 두려움은 더욱 커지는 듯하다. 다른 신화나 전설에서도, 인간이었던 존재가 전지전능한 존재로 인해 다른 모습을 하게 되는 것은 대부분 '벌'의 의미를 지니고 있다. 다른 동화를 읽을 때도 이 변신이 주는 두려움을 상상하면서 읽으면 도움이 될 것이다.

원치 않은 결혼과 미녀

〈미녀와 야수〉의 가장 오래된 버전은 분명 고대 그리스 로마 신화의 에로스, 프시케, 아프로디테에 관한 일화일 것이다. 그 내용은 다음과 같다.

어느 왕이 딸을 셋 낳았는데 그 중 막내 프시케의 외모가 무척 출중했다. 사람들은 여신 아프로디테의 존재도 잊은 채 프시케에게 제물을 올리고 찬가를 지어 바쳤다. 이에 분노한 아프로디테는 에로스를 불러 '프시케가 세상에서 가장 추악하고 못생긴 인간과 사랑에 빠지게 하라'고 명령했다. 그러나 정작 에로스 자신도 프시케의 아름다움에 반해 사랑에 빠지게 되어 밤낮으로 그녀를 그리워한다. 시간이 흘러 프시케의 두 언니는 각자 배필을 찾아 결혼했다. 그러나 유독 프시케가 배필을 찾지 못하는 것을 이상하게 여긴 왕은 결국 신탁을 받았다. 신은 '프시케가 결혼할 상대는 무서운 뱀 형상을 한 괴물이다. 그러니 그녀를 신부처럼 단장시킨 후 산꼭대기에 눕혀 놓아라'고 말했다. 왕은 결코 내키지 않았지만 프시케는 자진해서 산으로 가겠다고 말한다. 모든 사람들이 슬퍼하며 프시케를 위해 성대한 결혼식 겸 장례식을 치렀다. 그리고 서풍이 프시케를 산속 아름다운 궁전에 데려다 놓았다. 프시케는 궁전 안에서 금은보화에 둘러싸여 행복하게 지낸다. 하지만 프시케의 남편은 얼굴을 숨긴 채 밤에만 몰래 다녀갔다. 프시케는 몇 달이 지나도록 남편의 목소리만 들어야 했다. 그러다 곧 프시케의 두 언니들이 프시케의 행방을 알아냈고, 프시케도 남편에게 언니들을 만나게 해 달라고 청했다. 언니들이 궁전에 찾아오자 프시케는 갖가지 보물들을 언니들에게 안겨 주었다. 행복한 프시케의 모습에 질투를 느낀 언니들은, 프시케의 남편이 분명 끔찍한 괴물일 거라고 부추기며 칼과 등불을 건네주어 남편을 죽이라고 한다. 그날 밤 남편이 잠에 들자 프시케는 그의 얼굴에 불빛을 비추었다. 그런데 남편은 괴물이 아니라 아름다운 사랑의 신 에로스였다. (……)

프시케와 우리의 주인공 '미녀'는 닮은 점이 많아 보인다. 질투에 눈이 먼 두 언니들과, 원하는 것은 무엇이든 들어주는 남편, 그리고 추악한 (혹은 추악하다고 믿었던) 남편의 외모. 가브리엘 수잔 드 빌뇌브 부인은 이 신화를 토대로 오갔던 이야기들을 수집했고, 미국으로 건너가 이를 더욱 심층적으로 공부한 뒤 1740년 처음 〈미녀와 야수〉를 펴냈다. 하지만 이때는 이 이야기가 그다지 인기를 얻지 못했다. 그로부터 17년 뒤인 1757년 보몽이 이를 수정하여 다시 출간했고, 이것이 가장 세상에 많이 알려진 〈미녀와 야수〉의 버전이다.

18세기 〈미녀와 야수〉의 인기를 이해하려면 당대의 결혼 풍습에 관해 살펴볼 필요가 있다. 18세기에는 중매결혼이 주를 이루고 있었기에 신부는 결혼식 당일, 혹은 그날 밤이 되어서야 신랑의 얼굴을 처음 볼 수 있었다. 신랑이 멀쩡하게 생겼으면 괜찮았겠지만 무척 추한 얼굴을 하고 있는 경우가 비일비

재했기에 당시 신부들은 불만보다는 두려움이 앞섰다. 하지만 다행히 신부에게 성심성의껏 잘 대해 주는 신랑이 대부분이었고, 신부들은 점점 마음을 추스르고 신랑을 사랑할 수 있게 되곤 했다.

보몽은 〈미녀와 야수〉에서 등장 인물의 이름부터 '야수'로 지으며, 우리로 하여금 이 남자가 얼마나 무서운 존재였을지 상상하게 한다. 이와는 반대로, 미녀의 두 언니의 남편은 각각 멋있거나 똑똑한 사람이다. 외모와 지성을 대표하는 사람인 것이다. 그러나 결혼식 당일에 처음 본 남편이 멋지거나 똑똑하다고 해서 그게 진실하고 견고한 사랑을 보장하는 것은 아니다. 실제로 두 언니들도 행복하지 못했고, 그래서 미녀를 향한 질투심도 더욱 커질 수밖에 없었다.

또한 18세기의 평균적인 가족 구조에 따라 미녀의 형제는 모두 여섯 명이다. 당시 여성들은 대체로 대여섯 명의 아이를 낳았다고 한다. 어린이들을 위한 동화였지만 이에 더하여 당대 부인들의 고충과 현실을 절묘하게 녹여 냈기에 이 작품은 당시 여인들에게 큰 공감을 불러일으킬 수 있었다.

장미, 밤 9시

미녀와 야수 둘을 잇는 매개체는 단연 '장미'다. 아버지가 물어보았을 때 미녀가 말한 자신의 소원은 장미를 갖는 것이었다. 그리고 아버지가 야수의 집에서 장미를 꺾었을 때 야수는 불같이 화를 냈다. 야수도 장미를 좋아했기에 장미를 꺾는 행동을 참을 수 없었던 것이다. 장미 한 송이 덕분에 둘은 만날 수 있었다. 〈미녀와 야수〉의 주된 주제는 '내면의 아름다움'이다. 어쩌면 야수의 아름다운 마음은 이 장미가 처음 등장했을 때부터 밝혀지지 않았나 싶다.

하지만 무엇보다 우리가 야수에게 감동하는 장면은 분명, 처음 미녀를 보고 대화를 시도하는 장면일 것이다. 미녀의 아버지가 꽃 한 송이를 꺾었을 뿐인데 순간 불처럼 화를 냈던 야수다. 아니, 일단 생긴 것부터가 야수다. 이 무시무시한 야수의 성에 제 발로 들어간 미녀가 어떤 일을 당할지 모두들 조마조마했을 것이다. 그러나 야수는 친절하게 대화를 시도한다. 게다가 그녀에게 요구하는 바는 단지 매일 밤 9시에 이야기를 하자는 것이다. 밥을 먹다가도 야수의 얼굴만 보면 깜짝 놀라던 미녀였지만, 대화가 계속되고 시간이 흐르자 미녀도 편하게 야수를 대할 수 있었다. 결국 미녀는 매일 밤 9시가 되기만을 기다리게 된다.

야수도 알고 있었을 것이다. 자신에게 걸린 마법을 풀려면 어쨌든 '소통'을 해야 했다. 자신이 가진 부를 아무리 보여줘 봤자 진심이 담긴 마음은 절대 얻지 못했을 것이다. 게다가 미녀와의 대화를 자세히 살펴보면, 야수는 자신에게 무엇이 부족한지를 정확히 알고 있으며 미녀가 그것을 가지고 있으니 그 비법을 물어보기도 한다. 또 미녀가 얼마나 아름다운지 몇 번이고 말하며 때로는 자신을 낮추고 동정표를 구하기도 한다. 게다가 하루 종일 대화를 시도하지도 않았다. 밤 9시라는 특정한 시간에만 미녀와 대화했으며, 결론적으로 미녀는 자연스럽게 밤 9시를 좋아하게 되었다. 이것이 대화하는 방법이고, 사람의 마음을 얻는 비법이다. 야수는 마음으로 대화하는 법을 알았기 때문에 미녀의 사랑을 얻을 수 있었다.

야수는 야수일 뿐?

반대로, 야수를 자신의 본모습을 되찾기 위해 무슨 짓이든 하는 존재로 보는 시각도 있다. 야수가 처음부터 미녀의 아버지를 길을 잃도록 한 뒤 자신의 성에 오게끔 만들었고, 미녀의 관심을 끌기 위해 금은보화며 풍족한 식사를 준비했으며 미녀를 위한 서재에는 환상을 불러일으킬 만한 책들만 꽂아 놓아 미녀가 자신을 사랑할 수 있도록 유도했다는 것이다. 또 매일 밤 "나의 부인이 되어 주겠소?"라는 질문을 던짐으로써 미녀가 언젠가는 그 질문에 긍정적인 대답을 하게끔 교묘하게 세뇌시켰다는 의견도 있다.

그러나 그토록 끔찍한 마법에 걸렸기에 약간은 다급했을 야수는 무척 조심스럽고 친절하게 행동했다. 미녀의 아버지가 자신의 성에 발을 내딛자마자 딸을 데려오라고 협박한 것도 아니었다. 충분히 자신의 화를 돋울 만한 행동을 했기에 야수는 그것을 기회라고 생각했을 것이다. 그리고 어렵게 온 기회를 놓치지 않으려고 노력했을 뿐이다. 두 언니들의 계략으로 미녀가 제때 성에 돌아오지 않았을 때도 야수는 화내지 않고 상사병에 죽어 가고만 있었다.

세상 누구든 자신에게 어떤 역할이나 모습이 주어지면 그 이름에 자신도 모르게 성격을 맞추려는 본능이 있다. 하지만 야수는 야수의 모습으로 변했음에도, 홀로 고독한 생활을 오래도록 했음에도 자신을 잃지 않으려고 노력했다. 끝없이 소통하려는 노력 덕분에 자연스럽게 미녀도 야수도 밤 9시를 기다릴 수 있었다.

사실, 미녀가 야수에 대해 품고 있는 마음이 사랑이 아닌 가족애라는 설도 있다. 아버지는 물론이고 두 언니들과 오빠들까지 지극히 사랑했던 미녀가 넘치는 가족애, 혹은 동정심을 야수에게 주었다는 의견인데 이것은 꽤 일리가 있다. 성으로 돌아오지 않는 미녀를 그리워하며 죽어가는 야수의 모습을 본 미녀의 독백을 보자.

"나는 그를 사랑하지 않아. 하지만 나는 친절하고 존중할 줄도 알고 감사할 줄도 알아. 가자. 그에게 더 이상 불행을 안겨 줄 수는 없어. 내가 이렇게 행동하면 나는 평생 후회할 거야."

명백히 사랑이 아닌 단순한 친절, 더 나아가 야수의 친절에 대한 보답으로 성에 돌아가야겠다는 미녀의 생각이 뚜렷이 드러나 있다. 또 미녀가 뒤늦게 야수를 향해 달려가 야수에게 했던 말을 살펴보자.

"안 돼요, 사랑하는 야수여. 당신은 죽지 않을 거예요. 살아서 저의 남편이 되어야죠. 제 손을 당신에게 건넨 이 순간부터, 저는 당신만을 위해 존재한다고 맹세할게요. 아아, 전 오로지 당신에게 친절을 베푼다고 생각했는데 제가 느끼는 이 고통을 보니 이제 당신을 보지 않고는 살 수가 없을 것만 같아요."

끝까지 '당신을 사랑해요'라는 직접적인 말은 나오지 않는다. 힘들어하는 야수를 직접 보자 마음이 요동쳤다고는 하지만 그것이 사랑이 아닐 수도 있는 것이다. 실제로 이 책이 나왔던 18세기의 여성들은 그다지 능동적이지 못했다. 미녀 또한 야수를 마음 깊이 사랑하고 있지만 그 표현에 있어서 서툰 모습을 보였던 것은 아닐까, 의구심이 들게 하는 대목이다.

욕망

위에서도 언급했듯이 〈데지르 왕자와 미뇽 공주〉에서 왕자의 이름인 '데지르'의 뜻은 '욕망'이다. 여기서 독자들은 이 이야기에 욕망과 관계된 교훈이 있음을 짐작할 수 있다.

일단 그 아버지인 왕부터 자신의 욕망을 위해 고양이의 꼬리를 짓밟았다. 아름다운 공주를 얻기 위해 공주에게 걸린 마법을 풀려고 했지만, 애석하게도 그 마법을 풀 수 있는 방법은 요정의 꼬리를 밟는 것뿐이었다. 결국엔 요정을 화나게 할 수밖에 없었던 것이다. 우여곡절 끝에 공주와 결혼하는 데 성공했지만, 왕은 아들의 얼굴도 보지 못하고 세상을 떠났다.

데지르 왕자가 자신의 코가 크다는 사실을 깨닫게 되는 계기도 결코 선하다고는 할 수 없다. 이는 요정의 말에서도 쉽게 알

수 있다. 결국 데지르 왕자는 자신이 원하는 것에 대한 걸림돌이 코라는 사실을 깨닫고 나서야 자신의 결함을 알아챈 것이다. 왕자는 자신의 이름대로 '욕망'과 떼려야 뗄 수 없는 성장 과정을 거쳤다.

세뇌의 맹점

데지르 왕자의 아버지 왕이 고양이 요정의 꼬리를 밟고, 요정이 화가 나서 왕자 앞으로 저주를 걸었을 때, 사실 모두들 왕과 같은 생각을 했을 것이다. 눈이 있고 손이 있는 이상 자신의 코가 크다는 사실을 모를 리가 없다. 왜 하필이면 그렇게 풀기 쉬운 마법을 왕자 앞으로 건 것일까? 하지만 데지르 왕자의 진실을 막은 건 의외로 가장 가까이 있던 신하들이었다. 권력 앞에서 그 누구도 데지르의 코가 크다는 진실을 말할 수 없었다.

대부분의 사람들은 자신이 그래도 가장 괜찮은 사람이라는 인식을 가지고 있다. 주변의 어느 멋진 사람을 보며 자신도 그만큼 멋지다고 생각하는 한편, 다른 사람의 단점을 보며 자신이 그 사람보다 훨씬 나은 존재라고 생각한다. 그렇게 저마다 자존심이 있는 것이다. 그러나 이것이 권력, 특히나 '세뇌'와 맞물렸을 때의 후폭풍은 너무도 거세다.

그런데 여기에는 맹점이 있다. 주변에서 계속 '코가 큰 사람이 위대하고 용맹하다'는 소리를 들으면, 어느 한 번은 '그럼 내 코가 큰 편인가?' 하고 생각할 수도 있지 않을까? 자신의 코가 크니 위대한 사람이란 말은, 다르게 말하면 자신의 코가 크다는 사실을 계속해서 대놓고 강조하는 꼴이 되는 것이다. 허울뿐인 칭찬들을 한 꺼풀만 벗기면 데지르의 마음속에서 의구심이 싹틀 수도 있었던 것이다. 하지만 태어날 때부터 자신이 잘생기고 멋진 사람이라는 인식을 주입받았기에 왕자는 그런 간단한 의심조차 하지 못하게 되었다.

그 점에서 중간에 나오는 수다쟁이 노파의 예시는 무척 재미있다. 쉴 새 없이 말을 해 대지만, 주변 사람들은 모두들 그녀가 말수 적은 사람이라고 아첨하며 칭찬을 퍼붓는다. 짧게 등장했지만 노파로 인해 데지르 왕자는 세뇌가 얼마나 무서운 것인지 깨달을 수 있었다. 그러나 데지르는 더 나아가 생각하지는 못한다. 그 세뇌가 자신에게도 있을 거라는 사실은 전혀 깨닫지 못한 것이다. 요정도 말했듯 자존심이 몸과 영혼의 결점을 감춰 버리는 격이다.

진실의 거울 마주하기

데지르 왕자의 방을 묘사한 부분을 살펴보자. 코가 엄청나게 큰 위인들의 초상화(사실은 평범한 코를 가진 사람들이지만 일부러 코를 크게 그린)가 잔뜩 걸려 있고, 당시에는 흔치 않았던 거대한 거울도 여기저기 붙어 있다. 초상화들과 거울을 번갈아 보며 느꼈을 데지르의 희열은 날이 갈수록 더해졌을 것이다.

우리는 그리스 로마 신화에 등장하는 나르키소스의 슬픈 일화를 기억한다. 연못에 비친 자신의 모습을 사랑하게 된 나르키소스는 입맞춤을 하려다가 그것이 자기 자신의 반사된 모습이라는 것을 깨닫고는 슬픔에 빠져 칼로 자신의 목숨을 끊는다. 여기서 유래한 지나친 자기애가 나르시시즘이다. 그리고 데지르 왕자는 나르시시즘에 빠져 있다.

그리고 앞서 말한 것처럼 데지르 왕자의 나르시시즘은 권력, 세뇌와 맞물렸기 때문에 교만함으로 발전했다. 게다가 그 교만함은 '다른' 사람을 '틀린' 사람으로 인식해 버린다. 데지르가 노파를 만나자마자 입에서 튀어나온 말은 "정말 웃긴 코로군!"이다. 분명 데지르는 노파 이전에 미뇽의 작은 들창코를 본 적이 있기 때문에 노파의 작은 코도 존재한다는 것을 알고는 있었을 것이다. 그러나 큰 코가 좋은 코라고만 믿고, 자기의 코만큼이나 큰 코가 아니면 '우습게' 여긴다는 사실이 이 장면에서 드러난다.

한편으로 생각해 보면, 어쩌면 데지르는 노파가 작은 코를 갖고 있기 때문에 더욱 노파의 행동의 진정한 의미를 깨닫지 못했을 수도 있다. 분명 노파를 통해 세뇌가 얼마나 무서운 것인가는 배웠지만, 노파의 작은 코에 비해 자신은 큰(위대한) 코를 지녔으니 자신은 노파와는 다른 올바른 삶을 살고 있다고 생각했을 것이다.

어찌됐건 데지르 왕자는 자신의 본모습을 보는 데 성공했다. 그렇지만 이 작품이 다른 작품들에 비해 더욱 현실적인 만큼, 독자들도 외모든 내면이든 자신의 결함을 발견하는 것이 얼마나 어려운 것인지 다시금 반성할 수 있게 된다. 굳이 주변에서 세뇌를 당하지 않더라도 우리의 자존감은 진실의 거울을 쉽게 감출 수 있다. 우리도 제각기의 결함이 욕망에 부딪히지 않는 이상 평생토록 진실의 거울을 보지 못할 수도 있는 것이다.

선과 악 사이에서의 갈등

〈셰리 왕자〉의 '셰리'는 '지극히 사랑하는'의 뜻이다. 다른 식으로 표현하자면 셰리 왕자는 그야말로 애지중지 사랑받는 왕자인 셈이다. 그 증거로 아버지인 왕은 요정을 구해 준 보답으로 아무것도 바라지 않고 단지 셰리 왕자의 친구가 되어 줄 것을 요청한다. 그렇지만 이렇게 헌신적인 사랑을 받은 셰리의 미래는 그리 사랑스럽지만은 않았다.

다른 두 작품들과는 다르게 〈셰리 왕자〉에는 선과 악이 뚜렷하게 나뉜다. 아버지와 캉디드 요정(반지), 설리만은 선의 역할이고, 셰리의 젖동생과 옆의 귀족들, 보모는 악의 역할이다. 그리고 주인공 셰리는 이 사이에서 수많은 갈등을 겪는다.

우선 아버지는 행복한 왕으로 불리며 평온하게 나라를 통치했다. 그의 수많은 선행에 감명 받은 캉디드 요정은 그의 요청에 따라 셰리 왕자의 친구가 되기로 약속하고, 왕이 세상을 떠나자 셰리에게 반지를 선물한다. 거의 모든 작품에서 그렇듯이 반지는 셰리를 바른 길로 인도하는 대상의 역할을 한다. 이 작품에서 반지는 극단적으로 셰리를 찌르는 수법을 쓰지만, 반지로 인한 셰리의 아픔은 그다지 크지 않았나 보다. 이는 모두 보모의 잘못된 교육 때문이었다. '왕이 되면 누구든 그를 따르게 되고, 무엇이든 마음대로 할 수 있다'는 생각을 어렸을 때부터 심어 놓은 보모 탓에 셰리의 마음속에는 오만함이 싹튼다.

어느 정도 성장한 셰리 앞에 나타난 젖동생과 옆의 귀족들은 셰리를 더욱 악한 방향으로 이끈다. 그들은 부와 권력을 위해 셰리를 이용하는 가장 악한 존재로 등장한다. 결국 셰리는 자신을 올바른 길로 이끄는 반지도 빼 버린 채 죄 없는 젤리아와 설리만을 벌하려 한다. 그러나 캉디드 요정으로 인해 셰리는 세상에서 가장 추악한 괴물로 변하고, 강제로 설리만 앞에 서게 된다. 이때 설리만이 했던 말은 요정이나 반지보다도 훨씬 효과적으로 셰리를 깨우칠 수 있도록 도와준다. 그 후로 셰리는 선행을 베풀며 점차 선한 동물의 모습으로 바뀌어 갈 수 있게 되고, 한때는 그를 수없이 찔렀던 반지는 이제 셰리 왕의 멋진 장신구로 탈바꿈한다.

최악의 변신

선과 악 사이에서 많은 갈등을 겪고 난 후 셰리는 자신의 내면을 꼭 닮은 흉측한 모습으로 변한다. 그러나 셰리는 그것이 자신의 모습이라고 쉽게 믿지 못한다. 오히려 자신의 내면의 추악함을 들춘 캉디드 요정을 죽이려고 쫓아간다.

이때 셰리 왕자의 모습은 사자의 머리, 황소의 뿔, 늑대의 발, 뱀의 꼬리를 하고 있다. 이 모습은 어딘가 우리에게 익숙한 구석이 있다. 호메로스의 〈일리아드〉에 나오는 '키마이라(키메라)'처럼 사자의 머리, 염소의 몸통, 뱀 또는 용의 꼬리를 하고 있는 것이다. 〈일리아드〉 속의 키마이라는 사람들을 죽이고 숲과 농작물을 태우는 등의 해를 끼쳤다. 옛 사람들에게는 무엇과도 비할 수 없는 공포의 대상이었다.

이렇게 키마이라와 비슷한 모습으로 왕자는 변해 버렸다. 모든 사람들이 그를 두려워했다. 심지어 셰리 자신도 그 모습을 무서워했다. 이제껏 충분히 벌을 주었지만 아직도 정신을 차리지 못한 사람에게, 키마이라를 닮은 괴물의 모습은 최악의 벌이었던 셈이다.

선행은 언제나 보상받는다

설리만의 발언에 의해 자신이 가야 할 길을 깨달은 셰리는 그제야 선행을 베풀기로 다짐한다. 이때 셰리가 괴물에서 강아지로, 강아지에서 비둘기로, 다시 인간으로 모습이 바뀔 수 있었던 것은 오로지 자신의 힘에 의해서였다. 때로는 욕망이 다시금 치밀어 올라 자신의 욕구를 채울 수 있었지만 타인에게 연민을 느끼고 선행을 베풀었던 것은 모두 셰리 자신의 마음속에서 우러난 행동이었다. 이 장면에서는 요정도 반지도 그에게 지시를 내리지 않는다.

여기서 참다운 선행이 어떤 것인지를 알아챌 수 있을 것이다. 자신의 마음이 악하다면, 주변에서 아무리 혹독하게 벌을

쥐도 악행을 저지르고 싶은 마음이 선을 이겨 버린다. 그러나 한 번이라도 확실히 자신의 잘못을 깨닫고 반성한다면, 그리고 선을 행해야 할 필요성을 느낀다면 그 누구의 도움도 필요 없이 자신의 마음에서 선이 우러나오는 것이다.

그리고 그렇게 선행을 베푼 셰리의 모습은 점차 순해진다. 모습이 변할 때마다 "선행에는 반드시 보상이 따르게 마련이지요" 하는 요정의 목소리가 들린다. 이 작품에서는 가장 빠르고 효과적인 보상인 '변신'이 적용됐지만, 실제로 우리가 사는 세상에도 선행은 반드시 보상받는다는 말이 존재한다. 그것이 비록 변신만큼 즉각적으로 보상이 뒤따르지는 않지만, 그래도 선행은 언젠가는 반드시 어떤 모습으로든 보상을 받을 수 있는 것이다.

쾌락의 성, 불모지의 동굴

이 작품에 등장하는 '쾌락의 성'이라 불리는 건물은 가히 충격적이다. 무도회에라도 갈 것처럼 화려한 복장을 한 사람들이 쾌락의 성 안에서 즐겁게 춤추고 노래 부르며 배불리 먹는다. 하지만 그 음식들에는 모두 독이 발라져 있다고 하고, 건물에서 나오는 사람들은 하나같이 찢긴 옷을 걸친 수척해진 몸으로 비틀거리며 걸어 나온다. 안에서 무슨 일이 일어났는지 짐작도 할 수 없다. 비둘기로 변한 셰리가 직접 젤리아를 찾아 건물 안을 날아다니는 장면에서도, 건물 안에 대한 묘사는 나와 있지 않다.

쾌락의 성은 이름 그대로 '쾌락'의 본모습을 드러내는 것으로 보인다. 한순간의 욕망에 충실하여 모든 것을 쾌락에 맡겼을 때의 결과는 이렇게 충격적인 것이다. 우습게도, 그렇게 비틀거리며 건물 안에서 나오는 사람들을 바로 앞에서 보면서도 그 건물 안으로 들어가려는 사람들은 발걸음을 멈추지 않는다. 또 어떤 사람들은 강제로 다른 사람을 쾌락의 길로 인도한다. 젤리아를 억지로 건물 안으로 끌어가던 남자들이 그들이다.

젤리아가 쾌락의 성에서 어떻게 빠져나왔는지는 정확하지 않지만(아마도 요정이 데리고 나왔을 것이다), 먼 길을 날아온 셰리가 젤리아를 다시 발견한 곳은 아무것도 없는 불모지의 동굴이다.

동굴 속에는 그 어떤 화려한 것과 기름진 음식들도 없고, 오직 은둔자와 젤리아 둘뿐이다. 쾌락의 성과는 정반대의 모습을 하고 있다. 그곳에서 젤리아도 셰리도 마음의 안정을 찾고 마침내 마지막 변신이 이루어진다.

겉만 번지르르한 쾌락의 성을 다녀온 후 사람들은 몸도 마음도 피폐해졌지만, 황량한 불모지의 동굴 속에서 셰리와 젤리아는 평온하게 마음속 진실한 이야기를 나눌 수 있었다. 이 상반되는 곳에서 우리는 다시금 쾌락과 욕망의 허무함, 진정한 행복과 사랑의 의미를 생각할 수 있겠다.

동화 속의 현실

사실 동화가 언제나 선한 교훈을 주제로 하는 것은 아니다. 〈콩쥐 팥쥐〉나 〈심청전〉 같은 한국의 전래 동화 내지는 구전 소설들 또한 겉으로는 '권선징악'을 표방하지만 깊숙이 파고들면 잔인하고 때로는 믿기 힘든 부분도 많다.

특히 보몽의 〈잡지〉 시리즈에 수록된 작품들은 해피엔딩으로 끝나기까지의 과정이 무척 현실적이다. 미녀의 아버지는 사업에 크게 실패했고, 데지르 왕자 곁엔 권력에 눈이 먼 사람들이 존재했으며, 젤리아는 쾌락의 성에서 빠져나오지 못할 수도 있었다. 단순히 스토리를 위하여 이런 현실적인 요소들을 넣었다고 하기에는 적잖이 마음 아픈 구석이 있다. 교육열이 넘치던 보몽은 아이들에게 어떤 것을 가르쳐 주고 싶었던 것일까.

그녀가 어머니를 여의었을 당시에 대해, 1764년 보몽은 〈젊은 여인들을 위한 잡지〉에서 입을 열었다.

"어머니의 죽음이 내게 준 충격을 뚜렷하게 기억하고 있다. 난 당시 열한 살밖에 되지 않았지만, 좋은 교육을 받았었기에 머릿속에는 무척 현실적이고 직접적인 생각들이 소용돌이쳤다. 나의 어머니는 서른 세 살의 나이에 가장 아름다운 육신과 가장 강건한 육체를 지닌 채 사고로 동맥이 끊어져 버렸다. 어떠한 치료도 받지 못하고 그녀는 피를 전부 흘린 후에야 숨을 거두었다. 모두가 그녀를 불쌍히 여겼다. 하지만 나는 그러지 않았다. 그리고 곧 우리 가족은 엄청난 빈곤의 순간에 이르게 되었다. 그러다 결국 어머니의 죽음은 사실 그녀 자신에게 무척 행복한 일이었음을 깨달았다. 자식들과 같이 생활할 수 없어 뿔뿔이 흩어져야만 하는 사실은 분명 어머니께 큰 고통을 주었을 것이기 때문이다."

어머니도 잃고 빈곤에 시달렸던 보몽은 어린 나이에 자신의 현실을 직시해야만 했다. 아마도 이때의 충격으로 인해 안락한 궁정 생활을 계속 이어가고 싶었을 것이다. 아이들을 가르치는 데에 더 열을 올렸던 것도, 누구도 아닌 자기 자신이 먼저 어렸을 적부터 교육의 중요성을 깨달아서였다.

우리의 뜻과는 다르게 현실은 때로는 잔인하기도 하고, 때로는 몰래 우리의 앞길을 슬그머니 막아버리기도 한다. 세 명의 주인공들만큼이나 우리도 우여곡절을 겪을지도 모른다. 하지만 그렇게 위험이 닥칠 때마다 우리가 해야 할 일은 진실하고 선한 마음을 잃지 말아야 한다는 것이다. 주변에서 우리를 부추기고 괴롭혀도 우리 자신이 먼저 착하고 아름다운 마음을 갖고 있으면, 미녀처럼, 혹은 데지르 왕자나 셰리 왕자처럼 결국엔 반드시 멋진 보상을 받을 수 있다. 이것이 보몽이 동화를 통해 말하고 싶었던 진정한 교훈이 아닐까.

최헵시바

1711년   프랑스 루앙에서 태어났다.

1722년   어머니가 세상을 떠나고 가난한 생계 탓에 형제들과
갈라져 다른 가정으로 입양되었다.

1725년   에르느몽 여학교에 입학해 1735년에 학업을 마쳤다.

1735년   프랑스 뤼네빌 지방의 로렌 궁에서 종교적 위치에 앉
아 노인들을 돌보고 아이들을 가르쳤다.

1743년   앙투안과 결혼했다. 하지만 앙투안이 재산을 탕진한

탓에 불행한 결혼 생활이 이어졌다.

1745년　딸 엘리자베스가 태어났다. 결국 남편과 결별하지만 성(Beaumont)은 그대로 유지했다.

1748년　첫 번째 소설 〈진실의 승리〉를 써서 루이 15세에게 헌정했다. 이후 런던으로 거처를 옮기고 귀족의 자제였던 소피의 가정교사가 되었다.

1750년　신간 〈잡지〉를 출간했다.

1757년　〈아이들을 위한 잡지〉를 출간했다.

1760년　〈청소년을 위한 잡지〉를 출간했다.

1761년　〈고결한 역사의 법칙〉을 출간했다.

1763년　영국으로 귀화한 프랑스인 피숑과 결혼했다.

1764년　홀로 프랑스에 돌아와 안시 지방에 거처를 마련했다.

이곳에서 그녀는 70권에 달하는 종교적·윤리적 책들을 요약했다. 〈세상에 발을 내딛는 젊은 여인들을 위한 안내서〉가 출간되었다.

1768년 〈빈민, 장인, 하인, 농부들을 위한 잡지〉를 출간했다.

1770년 〈미국인들〉을 출간했다.

1772년 〈완전한 교육〉을 출간했다.

1774년 〈도덕에 관한 동화〉를 출간했다.

1779년 〈종교인을 위한 잡지〉를 출간했다.

1780년 파리 위쪽 생드니 지방에서 딸 엘리자베스와 여섯 명의 손자들 곁에서 숨을 거두었다.

옮긴이 최헵시바

한양대학교 프랑스언어문화학과와 문화콘텐츠학과를 졸업했다. 프랑스 문학 번역에 첫발을 디딘 신진 번역가로, 옮긴 작품으로 《잠자는 숲 속의 공주》 《이방인》이 있다.

미녀와 야수 보몽 단편선

개정 1쇄 펴낸 날 2017년 3월 28일
개정 2쇄 펴낸 날 2021년 1월 30일

지 은 이   쟌 마리 르 프랭스 드 보몽
옮 긴 이   최헵시바
펴 낸 이   장영재
펴 낸 곳   (주)미르북컴퍼니
자 회 사   더클래식
전   화   02)3141-4421
팩   스   02)3141-4428
등   록   2012년 3월 16일(제313-2012-81호)
주   소   서울시 마포구 성미산로32길 12, 2층 (우 03983)
E-mail   sanhonjinju@naver.com
카   페   cafe.naver.com/mirbookcompany

더클래식

세계문학
컬렉션

* 더클래식 세계문학 컬렉션은 계속 출간될 예정입니다.